불영야차

천룡사 新무협 판타지 소설

FANTASTIC ORIENTAL HEROES

불영야차 4

천품사 新무협 판타지 소설

초판 1쇄 찍은 날 § 2018년 10월 19일
초판 1쇄 펴낸 날 § 2018년 10월 26일

지은이 § 천품사
펴낸이 § 서경석

총괄팀장 § 최하나
편집책임 § 이선근

펴낸곳 § 도서출판 청어람
등록번호 § 제387-1999-000006호
등록일자 § 1999. 5. 31
어람번호 § 제2-2756호

주소 § 경기도 부천시 부일로 483번길 40 서경B/D 3F (우) 14640
전화 § 032-656-4452 팩스 § 032-656-4453
http://www.chungeoram.com
E-mail § chungeorambook@daum.net

ⓒ 천품사, 2018

ISBN 979-11-04-91855-1 04810
ISBN 979-11-04-91812-4 (세트)

불영야차

천품사 新무협 판타지 소설

FANTASTIC ORIENTAL HEROES

4

도서출판 청어람

佛影夜叉

불영야차

제십육장(第十六章)

소문(所聞)

　장소평은 법륜의 으름장에 땀을 쏟아냈다. 두툼한 살집에서 땀이 뚝뚝 떨어지며 장소평의 얼굴이 부들부들 떨렸다. 비대한 몸집에 비해 담이 작은 사내였다. 장소평은 법륜의 불같은 눈과 여립산의 호랑이 같은 기세를 마주하자 말을 더듬었다.

　"어… 그게… 여기서 이러시면……."

　여립산은 장소평의 당황스러운 음색에 이해한다는 표정이지만 그 처사가 단호하기 그지없었다.

　"됐고, 몇 가지만 물을 테니 성실히 대답하게. 이번 손해를 충분히 만회하고도 남을 금전을 쥐어주지."

여립산의 말은 지당한 것이었다. 하오문은 정보를 거래하는 일종의 정보상이다.

그 밑바탕에는 미천한 출신의 천민, 배수, 기녀, 객잔주 등 온갖 인간 군상이 모여 있었다. 여기에서 얼굴이 드러나면 더 이상 정보 장사는 하지 못한다. 그렇기에 여립산이 반대급부를 언급한 것이다.

장소평의 얼굴은 여립산의 금전 이야기에 화색이 돌았다.

"그러면 여기는 조금 곤란하니 자리를 옮기지요."

장소평은 조금 전의 부들거리며 떨던 신색을 말끔하게 회복했다. 마치 종전의 모습은 일종의 연기였다는 듯 태연하기 그지없다.

'어찌 이런 자가……'

법륜은 그 모습을 보며 장소평을 다시 평가했다. 처음 그를 마주한 순간, 장소평이 고양이 앞에 쥐처럼 굴자 정보를 얻어내는 일이 쉽겠다고 생각한 법륜이다.

하나 장소평이 금전 이야기에 반색하자 그에 대한 평가를 다시 수정했다.

재물에 눈이 어둡고 탐심이 있는 자로.

"좋소, 자리를 옮기지."

법륜과 여립산은 장소평이 이끄는 대로 움직였다. 기루를 나서서 어두침침한 골목을 수차례 번갈아가며 돌았다. 장소평이 계속해서 같은 자리를 돌자 법륜은 부아가 치밀었다. 법륜이 장소평을 제지하려 하자 여립산이 법륜의 손을 붙잡으며 고개를 흔들었다.

'일단은 지켜보세.'

법륜은 여립산의 손짓에 참을 수밖에 없었다. 순간 스스로 부끄럽다는 생각이 들었다.

도움을 청하러 온 입장에서 강짜를 부린다니 이것은 흑도의 왈패들이나 할 짓이 아닌가.

법륜은 장소평의 걸음을 따라 계속해서 움직였다. 조급함을 버리고 침착함을 되찾자 그의 눈에 보이는 것이 있었다. 바로 장소평의 발걸음이다. 비대한 몸을 움직이는데 흙바닥에 족적 하나 남지 않는다.

"무공이 상당하군."

법륜의 중얼거림에 앞서가던 장소평이 움찔했다.

"그게 무슨 소립니까? 이 몸뚱어리를 좀 보십쇼. 이 몸에 무공이 가당키나 하겠습니까?"

장소평은 당황한 기색을 순식간에 지우고 태연하게 대꾸했다.

"그런 것치곤 보폭의 안정감이 상당해. 그리고 그 무거운 몸을 움직이는데 발자국 하나 남지 않아. 스스로의 무공을 폄하

하지 마십시오."

단정 짓는 법륜의 어조에 장소평은 더 이상 대답하지 않았다. 그저 묵묵하게 걸음을 옮길 뿐이다.

걸음을 옮기던 장소평이 끝끝내 도착한 곳은 종전의 기루였다.

그는 기루의 정문이 아닌 하인들이 드나들 법한 쪽문으로 비대한 몸을 욱여넣었다.

쪽문을 통과한 장소평은 법륜과 여립산을 하인들의 처소로 안내했다.

"다 왔습니다."

장소평이 하인들이 머무는 전각으로 들어가더니 바닥에 숨겨진 문을 열고 들어갔다.

법륜과 여립산이 그 뒤를 따랐다.

법륜이 앞서 걷는 장소평의 등을 향해 물었다.

"이렇게까지 하는 이유가 있습니까? 기루로 돌아올 것이었으면 쥐도 새도 모르게 들어올 방법이 많았을 것 같은데."

장소평이 웃음을 터뜨렸다.

그 웃음이 비웃는다는 느낌보다 이쪽 세계에 무지한 법륜이 신기하다는 기색이 역력했다. 장소평은 어깨를 으쓱이며 말했다.

"왜 웃소?"

"천하를 떨쳐 울리는 천야차가 이렇게 순진한 인물인지 누가 알겠소?"

"당신, 알고 있었군."

법륜과 함께 걷던 여립산이 장소평을 노려봤다. 어느새 그의 손은 백호도의 도병에 올라가 있었다. 허튼 생각을 하면 베겠다는 위협이다.

장소평은 그럼에도 태연한 신색이었다.

이 정도의 위협은 하루에도 수십 번씩 듣는 것이 하오문도이다.

칼을 뽑아 목에 겨누고 찌르기 전까지는 언제나 하오문의 고객이다. 하오문도인 장소평에게 이런 협박은 하지 않느니만 못했다.

"독안도 여립산, 섬서 한중 태생. 부친 여군산의 뒤를 이어 백호방의 방주가 됨. 그의 무공 경지는 불분명했으나 이번 청해성 기련마신과의 일전으로 그의 무위가 드러남. 경지는 초절정, 분류 특급. 맞소?"

여립산은 장소평의 말에 움켜쥔 도를 손에서 놓고 말았다.

"되로 주고 말로 받는군. 어찌 알았나?"

장소평은 손을 들어 법륜을 가리켰다.

"어찌 그리 둔하시오. 거기 있는 천야차, 승복은 입지 않았지만 그 짧은 머리와 기세는 숨기는 것이 옳았소이다. 게다가 한쪽 눈 없이 보도를 든 독안도를 모른다면 스스로 목을 잘라야지. 무인이라면."

장소평의 눈이 매섭게 번뜩였다.

장소평의 말인즉 법륜의 기세와 여립산의 특징을 보고 알아챘다는 뜻이다.

법륜은 그 말에서 자신이 얼마나 쫓기고 있었는지 깨달았다.

마의가 납치되지 않았다면 머리도 승려의 것에 맞게, 의복도 승복에 죽립을 써서 정체를 가렸을 것이다.

법륜은 상황이 급박하게 돌아간다는 것이 변명에 지나지 않는다고 생각했다.

"지적은 고맙소. 허나 우리는 궁금한 것이 있어 왔으니 그에 대한 대답을 해주셨으면 좋겠소."

장소평은 고개를 끄덕였다.

"물론. 하오문은 그것을 위해 존재하니 금전만 맞는다면·얼마든지 드리지요."

"우리는 마의 가염운 노사의 신변을 찾고 있소이다. 그리고 다른 한 사람의 행방도."

장소평은 법륜이 마의를 언급하자 깜짝 놀랐다.

그 이름은 그로서도 예상외였다. 하나 옆에 서 있는 여립산을 보자 그 물음이 이해가 되었다. 그의 선대와 마의는 연이 닿아 있다는 보고가 가득했으니까.

이상한 점은 이렇게 갑작스럽게 찾아와 마의를 찾는 것이다.

'천야차와 마의가 인연이 있다⋯⋯. 독안도를 생각한다면 충분히 가능한 이야기이긴 한데⋯⋯.'

"마의라⋯⋯. 독안도 그대의 선친과 인연이 있다는 것은 익히 짐작하고 있었지만⋯ 그가 감숙 땅에 있었소? 그것은 전혀 몰랐군."

법륜은 난감한 얼굴을 했다.

그를 찾기 위해 소란을 피우며 하오문도를 찾았지만 소득이 없었다.

차라리 이름 모를 산중을 헤매고 다니며 그를 찾았다면 달랐을까.

"헌데 이상한 점이 있소이다. 감숙이 공동이 있는 북부를 제외하면 무주공산이나 다름없다지만⋯ 당가가 이 땅에 들어왔소. 거기엔 세가구룡 중 하나인 독룡 당천후도 있었지."

여립산이 장소평의 말을 이었다.

"거기에다 당가십수와 십독도 있었겠지."

"어찌 알았소?"

장소평은 적잖이 놀란 표정을 지었다.

태연한 듯 말하지만 그의 머릿속은 지금 그 어느 때보다 빠르게 회전하고 있었다.

'독룡에 당가 주력 타격대까지. 이들의 목적이 대체 뭐지? 당가는 오래전부터 백년대계를 기약해 왔다. 그 목표가 감숙이었고. 그런데 그것을 독안도가 다 망쳤지. 그렇군. 그들은 독안도가 목표였을 거야. 그래야 말이 된다. 그래서 독안도도 그들의 정체를 알고 있었어. 이미 부딪쳤군.'

장소평은 어느 정도 결론에 도달한 듯 고개를 주억거렸다.

"그랬군. 독안도가 이리 멀쩡한 것을 보면 그들이 크게 낭패를 보았겠군. 당가와의 악연이라… 그것은 강호인 누구나 꺼리는 것인데."

"그런 것은 상관없다. 은원을 내세우면 갚아줄 뿐이야. 그보다 사질, 아까 확인할 것이 있다는 것은?"

법륜은 생각에 잠겨 있다 여립산의 말을 듣고 정신이 번뜩 들었다. 그렇다. 지금은 이렇게 가만히 앉아서 생각하고 있을 때가 아니었다. 움직여야 할 때였다.

"구양세가, 그들의 움직임이 필요하오. 그리고 죽었다는 세가의 이공자에 대한 정보도."

장소평은 법륜의 요구에 의문스러운 얼굴이다. 소림의 파문제자에 대한 소문이 며칠 전부터 강호를 떠돌았다. 소림에서 파문을 하는 경우는 극히 드문 경우이니 소문이 나도 이상할 것이 없었다.

하나 지금 질문한 자가 그 당사자라면 더 큰 의문이 든다. 천야차가 소림에서 파문당한 이유가 구양세가의 이공자를 격살했기 때문이 아니던가. 그런데 그 소문의 당사자가 나타나 구양세가의 이공자에 대한 정보를 찾는다?

'무언가 놓친 것이 있다!'

장소평이 그렇게 생각할 때 그들이 있는 곳 머리 위에서 소란이 일었다. 그들이 타고 내려온 지하도의 문이 벌컥 열리더니 염소수염을 한 사내가 얼굴을 들이밀었다.

"향주, 큰일 났습니다."

장소평이 얼굴을 찌푸렸다. 하오문의 생명은 정보에 대한 신용과 비밀 유지에 있었다.

어느 누가 정체가 이렇게 쉽게 드러나는 정보상에 와서 정부를 구하겠나.

"손님이 계신데 어찌 그리 문을 벌컥벌컥 열어! 썩 닫지 못해!"

염소수염 사내는 장소평의 일갈에도 꿋꿋하게 몸을 밀어 넣어 끝끝내 법륜과 여립산의 앞에 섰다.

"그게… 이분들의 소문이라 알아야 할 것 같아서 그랬습죠."

법륜과 여립산이 염소수염 사내를 돌아봤다. 그들에 대한 소문이라니 어찌 된 일인지. 법륜이 다급한 목소리로 사내에게 물었다.

"우리에 대한 소문이라니, 그게 무슨 소립니까?"

"에… 그게……"

염소수염 사내는 장소평의 눈치를 봤다. 말해도 괜찮으냐는 뜻이다. 장소평이 고개를 끄덕였다. 허락을 받은 염소수염이 말을 꺼냈다.

"저자에 이상한 소문이 돌고 있습니다. 여기 천야차와 독안 도가 독룡을 격살했다고……"

법륜과 여립산의 눈이 크게 뜨였다. 반대로 장소평의 눈은 가늘게 뜨였다.

신빙성이 있는 소문이다.

그 역시 방금 전에 이들이 당가와 부딪쳤다는 사실을 깨닫지 않았는가.

장소평은 그게 사실이냐는 듯 법륜과 여립산을 흘겼다. 이 것은 보통 문제가 아니었다.

당가의 처우에 따라 이들에게 정보를 제공한 하오문도 박 살이 날 수 있는 문제였다.

"우리는……"

법륜과 여립산이 대답을 머뭇거리자 염소수염 사내는 신이 나서 계속 떠들었다.

"그리고 얼마 전에 있었던 일단의 학살 사건도 이들이 저지른 짓이란 소문이 돌고 있습니다. 아주 극악무도한 자들입니다!"

장소평은 염소수염 사내의 말을 듣고 이마를 짚었다. 이렇게 멍청할 수가 있나.

아무리 못 배웠다 하더라도 눈치는 있어야 했다. 염소수염의 말대로 이들이 이런 극악한 학살을 저질렀다면 입조심을 해야 했다.

"됐다. 그만하고 나가봐! 내가 알아서 하마!"

역정을 내는 장소평을 향해 왜 그러냐는 듯 입을 비쭉거린 사내가 다시 문을 열고 올라갔다. 장소평은 멋쩍은 웃음을 지으며 둘을 돌아봤다. 법륜과 여립산의 얼굴이 딱딱하게 굳어 있다.

"분명하게 말하지만… 우리는 독룡을 죽인 적이 없소. 게다가 학살이라니."

법륜의 진중한 말에 장소평은 고개를 끄덕였다. 그런 것은 눈으로 직접 보지 않아도 알 수 있었다.

법륜과 여립산, 이 둘은 그런 짓을 저지를 만한 심성이 못 되었다. 사람이 사람을 벗어나 악마의 탈을 쓰려면 그만한 독심이 있어야 했다.

정도의 무인 중 마인이 된 자가 아주 없는 것은 아니지만 이들은 논외다. 눈빛만 봐도 알 수 있다.

장소평이 이들 앞에 이렇게 태연히 있을 수 있는 것은 그런 이유이다. 애초에 이들이 진정 마인이었다면 이곳에 들이지도 않았을 테니까.

"그건 알고 있소. 그랬다면 이야기를 듣자마자 내 목부터 쳤겠지요. 그것은 걱정할 일 없소. 헌데……"

법륜은 장소평의 이어질 말을 기다렸다. 그는 필요한 대답 중 아직 아무것도 듣지 못했다.

혼란스러운 감정이 역력했다. 일 년간 두문불출하며 무공을 닦았더니 그동안 편히 쉰 대가인 것처럼 새로운 사건이 몰아쳤다.

'그저 구원을 해결하려 했음인데.'

법륜은 눈을 감았다.

이것도 승려의 마음으로 살업을 담은 벌이라면 벌일까.

청해성의 마신부터 소림의 파문제자라는 이름, 가염운의 행방과 당가와의 분쟁까지 제 마음대로 되는 것이 하나도 없었다.

"이건 확실히 이상하오. 이렇게 가정해 봅시다. 천야차와 독안도가 촌민들의 학살을 자행하고 당가의 독룡까지 죽였소이다."

"우린 그런 적이 없소!"

법륜이 역정을 내자 장소평이 손을 들어 올렸다. 더 들어보라는 뜻이다.

"알고 있소이다. 그러니 이 몸이 그대들 앞에 있는 것 아니오. 더 들어보시구려. 만약 학살을 자행하고 당가와 척을 졌다면 그런 천인공노할 짓을 저지른 자들이 이렇게 모습을 드러내고 행동하겠소, 아니면 몸을 감추고 행동하겠소?"

"당연히 몸을 감추겠지."

여태 듣고 있던 여립산이 입을 열었다.

"허나 분명히 이야기하자면 우리는 당가와 척을 지었을지언정 그를 죽이진 않았소이다. 그 점은 분명히 합시다."

"물론이오. 자, 그럼 다시 묻겠소이다. 몸을 감추고 숨죽이기에 급급할 자들이 모습을 드러냈소이다. 이게 이치에 맞는 일이오? 내가 봐서는 절대 아니오. 그리고 시기가 너무 공교롭소이다. 그대들이 이곳에 들자마자 이런 소문이 났다……."

"그 말은……."

법륜이 눈을 빛냈다. 자꾸만 아찔한 생각이 머릿속을 스치고 지나갔다.

소림의 제자가 마인으로 몰려 강호의 공적으로 쫓긴다. 소림의 파문이 그저 허울뿐인 파문임을 아는 법륜에게 그것보다 더한 불명예는 없었다. 이 소문의 뒤에는 누군가 있었다. 그렇지 않고서야 이렇게 적절한 시기에 소문이 불어닥칠 리 없었다.

"누군가… 있는 것이군요."

장소평이 고개를 끄덕였다.

"분명하오."

장소평이 확언했다. 하오문의 향주쯤 되는 사람의 단언이니 그의 예측은 틀리지 않을 것이다. 문제는 이 소문의 발원지가 누구인가에 대한 것이다.

장소평이 심각한 얼굴로 말을 꺼냈다.

"천야차 그대는 아까 나에게 구양세가에 대한 정보를 달라고 했지요. 왜 그러셨소이까? 소림의 파문 건 때문이오?"

법륜은 고개를 저었다.

그런 것 때문이 아니다. 그 의문은 독룡의 사체를 보면서부터 시작됐다.

자신의 무공과 비슷한 흔적, 게다가 엄청난 양강기공. 그런 무공을 구사할 수 있는 자는 손에 꼽는다.

법륜이 구양세가에 대한 정보를 요구한 것은 그런 이유에서였다.

구양백 정도의 무인이라면 그와 비슷한 흔적을 낼 수 있다. 하나 법륜은 구양백이 굳이 그런 수고를 하면서까지 그런 일을 할 리가 없다고 생각했다.

애초에 구양선을 쫓아 청해로 갔을 때 그를 묵인한 것이 구양백이었으니까.

그 의도 속엔 화륜대와 지륜대가 여의치 않으면 법륜이 구양선을 죽여도 좋다는 의도를 내포하고 있는 까닭이다.

그러니 구양백은 아니었다.

다음으로 물망에 오른 것은 소림으로 갔다던 비화군 구양정균이다. 소림이 어떻게 그를 물러서게 했는지 모르겠지만, 구양정균 정도의 독심과 잔인한 손속이라면 충분히 가능하다.

하나 소림이 그를 돌려보낼 때, 그를 가만히 뒀을 리 없다. 그것은 자존심 문제였다.

구파가 세가에게 압박을 당했다는 것은 소림에게 수치나 다름없었다. 그러니 그도 아닐 것이다.

"그런 것이 아니오. 구양세가의 이공자… 그에 관한 것이 궁금하오."

법륜은 구양선을 떠올렸다.

법륜은 그가 아니길 간절하게 바랐다. 그가 직접 심장의 박동이 끊긴 것을 확인하지 않았던가. 제대로 된 일격이 들어갔으니 그가 살아 있을 리 만무했다.

장소평은 '흠' 하고 침음을 흘렸다.

"구양세가의 이공자라… 이공자라면 주화마인 구양선을 말함인데… 그는 당신이 죽이지 않았소?"

법륜은 고개를 끄덕였다.

"그렇소. 내가 구양세가의 정보에 대해 언급한 것, 그것은 독룡의 시신을 보았기 때문이오. 굉장한 열양공에 당했소이다. 그 열기에 내부가 모조리 익어버렸소."

장소평은 그제야 고개를 끄덕였다. 이제야 흩어진 조각들이 어느 정도 맞춰지는 듯했다.

"실은… 묘한 소문이 있소이다. 구양세가의 이공자 구양선이 살아 있다는 소리가 돌고 있소. 내부가 양강기공에 의해 모조리 익어버렸다면… 구양세가도 의심을 피해갈 수 없소."

"역시……."

법륜은 고개를 치켜들고 눈을 감아버렸다. 불길한 예감은 언제나 상상 이상의 파급을 불러온다.

"이상하군. 당신은 그가 살아 있다고 확신하시오?"

장소평이 묻자 법륜은 고개를 끄덕였다.

그럴 수밖에 없다. 그에게 원한을 가진 자, 그중에서 그와 비슷한 무공을 구사하며 강력한 열양기공을 갖춘 자, 그런 자는 구양선뿐이다.

"그렇소. 그는 애초에 무공을 제대로 익히지 못했소이다. 초식이며 투로까지 무척 서툴렀지. 태양신군 노선배가 남환신공을 전수하지 않았다면 얼마 가지 못했을 거요. 헌데 그와 부딪칠수록 그의 초식이 정교해져 갔지. 무공의 연련이야 실전

이 가장 좋다고들 하지만 그자의 발전 속도는 상식 외의 것이었소이다. 그는… 나와 싸우면서 내 무공을 베껴 자신의 것으로 만들고 있었으니까."

"허."

장소평이 침음을 흘렸다.

싸우면서 무공을 베낀다?

상식 밖의 일이다. 무공이란 오랜 시간에 걸쳐 자신의 몸에 새기는 것이다.

작은 움직임 하나에도 그에 걸맞은 운공법을 찾기 위해 노력하는 것이 무인이다.

'그런데 무공을 베꼈다……'

법륜의 표정을 보니 구양선이 무공을 훔친다는 것이 장소평의 생각보다 더 대단한 것 같았다.

구양선이 소문처럼 살아 있다면 이번 일도 충분히 가능한 일이다.

그는 천야차에게 죽음까지 몰린 자다. 충분히 원한을 갖고도 남는다.

"그렇다면 주화마인이 살아 있을 거라는 가정을 해봅시다. 그러면 충분히 이런 소문을 낼 수 있소. 문제는 세인들이 그것을 믿어줄 것이냐는 것이오. 상황이 생각한 것보다 좋지 않소이다."

"그 말은?"

"생각해 보시오. 그대들, 천야차와 독안도는 소림에서 파문당했소이다. 우리야 그 파문에 대해 어느 정도 의문을 갖고 있기는 하지만… 세인들의 생각은 다를 거요."

법륜과 여립산이 침음성을 흘렸다.

이것은 중요한 문제였다. 그들도 장소평이 말하고자 하는 바가 무엇인지 정확히 알아챘다. 소림은 세간의 시선을 의식해 법륜과 여립산을 파문했다. 거기에 그들이 학살까지 행했다는 소문이 돈다면…….

"마인으로 낙인찍히는 것은 시간문제로군."

여립산이 중얼거렸다.

"거기에다 당가까지… 이렇게 되면 당가가 문제가 아니게 되었습니다. 맹회에서 맹주령을 발동할 겁니다. 우리를 쫓겠지요."

"그것은 틀렸습니다. 맹주령은 이미 발동되었소."

장소평이 둘 사이에 끼어들었다.

"맹주령이?"

여립산이 얼굴을 와락 구기자 장소평이 고개를 끄덕였다.

"아아, 오해는 마시오. 맹주령은 마도십천을 향해 발호된 것이오. 검선께서 대대적으로 칼을 빼 들었지."

"마도십천……."

"그 말인즉 그대들에게도 기회가 있다는 것이오. 내 새로운 사실 몇 가지를 알았으니 그대들에게 지금까지의 정보료는 받지 않겠소이다. 허나 지금부터의 정보는 다를 것이니 선택하시오. 정보를 사시겠소?"

장소평이 사람 좋은 미소를 지어 보이자 여립산이 꿍하게 대답했다.

장소평이 정보료를 받지 않는다고 했다지만, 이쪽이 제공한 것도 만만치 않았다.

독룡이 어떻게 죽었는지, 그리고 그 흉수가 누구인지 이미 반쯤은 그들이 밝혀준 것이 아닌가.

그런 상황에서 새로운 정보를 얻어봐야 도움이 되지 않을 것이다.

"작금의 상황에서 그런 정보를 얻어 봐야 무엇을 하겠나."

"허허, 정녕 그리 생각하시오? 내 장담하는데 이번 일을 타개할 정보가 있소이다. 내 비싸지 않게 해주겠소이다. 어떠시오?"

"이번 일을 타개할 정보라……."

여립산이 망설이자 법륜이 고개를 끄덕였다.

"사숙, 우리는 이미 궁지에 몰렸습니다. 사숙께서는 모르겠지만… 맹회는 만만치 않을 겁니다. 마도십천에게 칼을 빼 들었다지만 그 칼날이 우리에게 먼저 올 수도 있습니다."

"사질은 맹주령을 겪어보지도 않았으면서 어찌 그리 장담하는가?"

법륜은 끓어오르는 속말을 억지로 삼켰다.

어찌 말할 수 있을까. 그가 맹주령에 희생당한 천주신마의 자식이라는 것을.

비록 부친인 천주신마 유정인이 구파의 무인들에게 살수를 썼다지만, 강력했다던 그도 결국 맹주령 앞에 무릎을 꿇었다.

"아무튼 우리에겐 선택의 여지가 없습니다. 장 향주, 정보를 사겠소. 얼마를 원하시오?"

장소평은 잠시 고민하는 듯하더니 입을 열었다.

"대가는 정보로 받겠소. 천야차와 독안도의 정보라면 그만한 가치가 있겠지."

"우리는 전해줄 것이 없는데……."

"아니오. 그대들은 그럴 만한 충분한 가치가 있지."

"이해할 수 없군. 어찌 그리 확신하시나. 이대로 마인으로 몰려 흙으로 돌아갈지도 모르거늘."

여립산이 불만 어린 어조로 따지자 장소평은 예의 그 사람 좋아 보이는 미소를 지으며 입을 열었다.

"그대들이 얼마나 큰 가치를 지니고 있는지 모르는군. 천야차 그대는 청해의 마신과 부딪쳤지요? 그 일은 큰일이었소이다. 맹회에서도 수수방관하던 마신에게 일격을 먹였소이다. 그 위명이 청해를 넘어 중원 끝까지 도달했소. 마신을 막아선 독안도도 마찬가지요. 달리 말해 천하에 이름을 떨친 자들의 정보요. 이래도 그 가치가 없겠소?"

장소평의 말에 법륜과 여립산이 무거운 얼굴로 동의했다.

그의 말이 맞다. 자신들에게는 이미 천하의 이목이 집중되고 있다.

이번 사건에 당가가 본격적으로 끼어들기 시작하면 일은 걷잡을 수 없이 커진다.

"그렇다면 우리에 대한 정보 중 무엇을 원하시오?"

"지금은 없소. 그대들은 앞으로 종종 하오문을 이용해 주면 그것으로 충분하지. 천하의 이목을 쏠리게 하는 사람들이니 그대들이 하오문을 방문할 때마다 정보를 교환하면 될 일이오. 본 문에는 그렇게 전하겠소. 어떻소?"

"좋소. 그렇다면 가타부타 끌지 말고 말해보시오. 이 난관을 타개할 대책을."

장소평이 눈을 빛냈다.

"지금 이곳에는 마운철이 와 있소이다. 방금 전 말한 학살에 대한 진상을 조사하기 위해서요. 무슨 뜻인지 알겠소?"

"황금포쾌 마운철이라… 그렇군."

여립산이 고개를 끄덕였다.

그가 이곳에 있다면 난관을 타개하기에 어려움은 있겠지만 불가능한 일은 아니다.

황금포쾌 마운철은 황실의 녹을 먹는 자다. 본디 당금의 황제 주원장의 비밀스러운 첩보원이던 마운철은 그 누구보다 황제에 대한 많은 정보를 알고 있으면서도 피의 숙청을 피해간 인물이다.

그만큼 황제가 아끼고 중히 쓰는 인물이란 뜻이다. 그런 그가 이번 사건에 개입하면 황실이 깊숙이 개입하는 것과 같다.

맹회도, 그 안에 속한 당가도 쉽사리 손을 쓰지 못할 것이다.

'이자에게 도움을 청해 시간을 끈다. 그사이 구양선이 살아 있다는 것을 밝혀야 해.'

여립산이 계획을 세우기 시작했다.

일단은 마운철을 만나는 것이 선결되어야 할 과제이다. 그리고 그를 설득해 금의위까지 끌어들인다. 금의위가 개입하면 당가가 잘못된 소문으로 원한을 갚겠다고 달려드는 것을 사전에 방지할 수 있다.

그사이에 구양선을 찾아내 그에게 가염운의 행방을 묻는다. 그러면 이번 일이 어느 정도 일단락되리라.

"황금포쾌는 어디에 있소?"

"그는 이 기루에 머물고 있지요. 그를 찾아가 일을 잘 해결해 보시오. 나는 그대들이 여기에서 주저앉아 나아가지 못할 인물들이라 생각하지 않으니."

장소평은 자리에서 일어났다.

법륜과 여립산을 마운철에게 인도하기 위함이다. 그들은 지하의 골방을 벗어났다.

이번에는 기루 주변을 뱅글뱅글 돌지 않고 곧바로 기루에 딸린 특실로 걸음을 옮겼다.

장소평이 걸음을 멈추자 법륜과 여립산이 움찔했다. 장소평은 태연한 듯 보였다.

하나 법륜과 여립산은 온몸에 신경이 곤두선 듯 몸을 부르르 떨었다.

'고수. 못해도 동수. 잘해야 반수 차다. 어찌 이런 고수가······.'

"마 대인, 소인 장소평입니다. 들어가도 되겠습니까?"

그때 객실 안에서 마운철의 목소리가 들렸다. 그의 목소리는 굉장히 호쾌했다.

황실의 녹을 먹는 관리라더니 그 음성에서 만인을 찍어 누르는 듯한 기세가 느껴졌다.

포쾌가 아니라 전장에서 병졸들을 지휘하는 장수의 기개가 분명했다.

"들어오라. 거기에 같이 오신 손님도 함께 들도록."

'알고 있었나.'

법륜은 마운철의 기세를 느끼자마자 자신의 기운을 꺼뜨렸다.

괜한 오해를 사고 싶지 않은 까닭이다.

그런데 마운철은 모습을 감춘 금강령주를 뚫고 법륜을 단번에 꿰뚫어 봤다.

장소평은 문을 열고 고개를 숙여 보인 후 안으로 들어섰다. 기루의 별실은 굉장히 화려했다.

멋들어진 병풍이 둘러쳐져 있었고, 값비싸 보이는 화병과 족자들이 즐비했다.

게다가 화려한 주안상 위에 즐비한 음식은 보기만 해도 숨이 턱 막힐 정도로 많았다.

마운철은 그 화려함의 한가운데에서 독보적인 기세를 뽐내고 있었다.

객실을 아무리 화려하게 꾸며도 이 남자가 가운데 서 있다면 모두 헛짓거리일 거라는 생각이 들 정도였다.

"이 야심한 시각에 무슨 일이지?"

장소평이 읍을 하며 대꾸했다.

"여기 이자들은 소림의 제자였던 천야차 법륜과 독안도 여립산이라고 합니다. 대인께 도움을 청하기 위해 왔으니 부디

물리지 마시고 이야기를 들어보소서. 대인께서 하시려는 일과 연관이 있는 자들이옵니다. 필시 큰 도움이 될 것입니다."

"내가 지금 하는 일과 연관이 있다……. 그럴 만도 하다. 그 기세, 둘 다 굉장하군. 특히 거기 승려, 전력을 다해도 승부를 장담하기 어렵겠다. 법륜이라 했나?"

"그렇소이다. 이번 일에 도움을 주실 수 있다 하여 찾아왔소이다."

마운철은 마구 웃었다.

그 모습이 마치 황당한 일을 겪어 어처구니없을 때 짓는 웃음과 같았다.

"도움을 구한다……. 그런데도 마치 그 도움을 당연히 손에 쥐어줄 것처럼 말한다. 소림은 정도의 명문이라 들었는데 상당히 무례하군."

법륜은 마운철 앞으로 한 걸음 내디뎠다. 그와 동시에 숨겨 온 금강령주의 기운이 폭발하듯 튀어나왔다. 순식간에 대기가 진동하고 주변이 달싹거렸다. 그 기세에 장소평과 여립산이 한 발 뒤로 물러섰다.

"나는 분명 당신에게 도움을 청하기 위해 왔소. 허나 도움을 청하는 것이 당신의 일을 해결하는 데 크게 일조할 것이라 장담하오. 그러니 더 이상 그 입에 소림을 담지 마시오."

"허! 적반하장이라더니 이게 딱 그 꼴이로다. 게다가 황실의 관리에게 그런 무례함이라니. 파문제자라 그런 것인가, 아니면 태생이 그런 것인가?"

마운철은 손앞에 있던 술잔을 들어 입을 적시고 상 위에 내려놓았다.

그가 술잔을 내려놓자마자 법륜이 내뿜던 기세가 반으로 갈라지기 시작했다. 술잔을 매개로 칼날 같은 기운을 쏘아 보낸 것이다.

"지금 그것이 중요하오?"

법륜은 지지 않고 기세를 더 끌어 올렸다.

"중요하지. 그래야 내가 널 잡아 죽일지 말지 결정할 수 있으니까."

"그게 무슨 뜻이오?"

"무슨 뜻이긴, 말 그대로다. 안 그래도 이상하다 생각하던 참이다. 이 보잘것없는 작은 마을 인근에서 학살이 일어났다. 게다가 들려오는 소리엔 그 유명한 사천당가의 자제 또한 죽었다더라. 그러니 이상하다 생각지 않을 수 없지. 그리고 그 주인공이 내 눈앞에 있는데 어찌 쉽게 생각할까."

"분명히 말하지만 그 소문은 잘못된 것이오. 흉수를 알고 있으니 도움을 주시오."

"소문이라……. 그래, 소문이란 그런 것이지. 자공의 모친이 아들이 사람을 죽였다는 소리를 세 번 듣고 짐을 쌌다고 했던가? 허나 그래서 어쩌잔 말인가? 홍수가 따로 있다? 그대의 도움이 없어도 그런 것쯤은 안다. 고고한 구파의 제자가 그런 헛짓거리를 하지는 않았을 테니."

법륜이 미간을 좁히며 되물었다. 그렇다면 다 알고서 이런단 말인가.

도무지 속을 알 수 없는 자다. 의와 협을 행하는 것은 정도의 무인이라면 당연히 해야 할 일일진대 어찌 이리 답답하게 군단 말인가.

"그러면 무엇을 망설이시오? 게다가 홍수가 아님을 알면서도 나를 죽이겠다니."

"내가? 이 마운철이 망설인다고? 웃기는 소리를 하는군. 내가 고민하는 것은 한 가지뿐이다. 어떻게 하면 더 이상의 피해 없이 이 일을 마무리 지을까 하는 것."

법륜이 쏘아붙였다.

"그럼 잡으시오. 애꿎은 사람 탓하지 말고."

마운철이 자리에서 일어났다. 그는 법륜을 등지고 서서 창문 밖의 밝게 빛나는 달을 바라보았다.

"자네는 홍수를 알고 있다고 했지. 이쪽도 어느 정도 짐작은 한다. 그대들이 처한 상황, 그리고 이 상황을 뒤에서 획책하는 놈까지. 허나 황실의 관리인 내 입장에서 본다면……."

마운철이 고개를 돌려 법륜과 여립산을 훑었다. 그 눈빛에는 경멸의 빛이 떠올라 있었다.

"그 흉수나 네놈들이나 별반 차이가 없어."

마운철이 천천히 법륜의 앞으로 다가섰다. 그는 법륜의 눈을 들여다보며 한 자, 한 자 또박또박 내뱉었다.

"소림의 제자이니 좋은 환경에서 좋은 무공을 익혔겠지. 온 갖 떠받듦을 누리면서. 그래, 그렇게 배운 무공으로 몇이나 죽였나?"

이것이었나.

법륜과 여립산은 마운철의 말 속에 숨은 가시를 분명하게 느꼈다.

무공, 문파, 무림인, 그리고 그 끝에 딸려오는 죽음이라는 이름의 숙명까지.

그 죽음이 내 것이든 타인의 것이든 그 결과는 언제나 참혹할 수밖에 없다.

하물며 그것이 힘없는 민초들의 것임에야. 황실의 녹을 먹는 마운철의 입장에서 볼 때 정도든 마도든 칼을 든 잠재적 살인마일 뿐이다.

협의를 부르짖는다지만 그것이 나라에 헌신한다는 대의명분에 비할 수가 있을까. 그것이 마운철이 무림인들을 바라보는 시선이었다.

법륜의 눈가가 잘게 떨렸다.

몇이나 죽였냐는 질문에 쉽사리 답할 수 없었다. 작정하고 살수를 내친 상대는 몇 되지 않지만, 그 살수의 여파에 누군가는 죽었을지도 모른다.

그들도 칼을 찬 채 자신을 위협했지만, 인명이 어디 그런 것으로 재단할 수 있는 일이던가.

그들도 분명 누군가의 자식이고 아비이며 형제이고 친우인 것을.

"모르겠소."

법륜은 솔직하게 대답했다.

법륜의 대답에 마운철의 눈에 이채가 흘렀다. 이리 대답하는 자는 많지 않다. 대부분 협의를 위해서였다며 악을 쓰고 덤빈다.

이 점이 다른 점이라면 다른 점이랄까. 마운철의 마음이 조금 풀어졌다.

"그것 보아라. 아무리 변명해 봐야 너희 같은 존재들은 살인자일 뿐이다. 협이라는 방패를 내세우면서 하는 짓이 살인이니 대명률이 너희 무림인들에게 유명무실한 것도 다 이유가 있음이다. 그런 내게 도움을 청한다니, 내가 들어줄 성싶으냐?"

법륜은 고개를 저었다.

마운철의 입장은 십분 이해가 됐다. 하나 그것과 이것은 다른 문제였다. 특히나 민생을 신경 쓰는 관리의 입장이라면 더더욱.

"확실히 당신의 입장에서는 그럴지도 모르겠소. 나나 여기에 있는 사숙이 살인마처럼 보일지도 모르지. 허나 이번 일은 그것과는 별개요. 그자는 당신이 생각하는 것 이상이란 말이오. 당신의 무공이 대단하다는 것은 알겠지만… 그를 쉽게 잡을 수 있을 것 같지는 않군."

"허, 끝까지."

마운철의 얼굴에 노한 기색이 역력하다. 그가 무림인을 경멸하는 이유.

힘으로 모든 것을 해결하려 하기 때문이다.

자신들이 힘을 가졌다는 이유 하나만으로 민초들은 숨을 죽여야 한다.

아마 마운철 본인이 권력과 무공을 동시에 쥐고 있지 않았다면 이번 일도 마찬가지였으리라.

그가 주원장에게 투신한 것도 자신이 겪어온 무림에 신물이 나서가 아니었던가.

그때 옆에서 가만히 듣고 있던 여립산이 나섰다.

"이보십시오, 마 대인. 당신의 뜻을 부정할 생각은 없소. 이렇게 다짜고짜 찾아온 것도 어떻게 보면 우리의 이해(利害) 때문이니 그렇게 생각하는 것도 무리는 아니라고 보오. 허나 그대가 녹을 먹는 관리로서 민초들을 생각한다면 우리의 말을 끝까지 들어야 할 것이오."

마운철의 얼굴에 금이 갔다. 이제는 노한 기색을 넘어서 분노를 감추지 않고 드러낸다. 무례해도 이렇게 무례할 수가 없었다.

관인이기 이전에 그 또한 사람이다. 도움을 청한다면서 하는 말이 숫제 협박에 가깝다.

"그래, 어르고 달래고 협박까지 아주 가지가지 하는구나. 두 놈, 다 아주 마음에 안 들어. 이렇게 강짜를 부린 이유가 있겠지. 들어나 보자."

법륜과 여립산은 천천히 이야기를 시작했다. 그들이 청해에서 겪은 일부터 시작해 독룡 당천후의 죽음까지. 마운철은 묵묵히 이야기를 들었다.

"해서 그 구양세가의 이공자라는 놈이 범인이다? 그 말을 어찌 믿나? 본디 사람의 말이란 양쪽 다 들어봐야 하는 법이다. 그리고 그놈이 범인이라는 증좌도 없질 않느냐?"

"답답하군."

법륜은 한숨을 내쉬었다. 고지식해도 이렇게 고지식할 수 있을까.

관리란 이런 것인가. 이야기를 듣고도 아무런 조치가 취해지질 않는다.

"됐소이다. 전할 말은 다 전했소. 사숙, 우리는 이제 그만 가야겠습니다. 갑자기 소문이 돌았으니 구양선 그자가 가까이 있을 겁니다. 이 사람은 이제 그만 괴롭히고 그만 갑시다."

여립산이 무겁게 고개를 끄덕였다. 그는 객실을 나서며 마운철을 돌아봤다.

[마 대인, 그대의 노고를 모르는 바는 아니요. 허니 우리를 생각지 말고 민초들을 생각하시오. 이대로 또 다른 학살이 일어나지 않기를 바라겠소. 그럼.]

여립산의 전음에 마운철의 얼굴이 꿈틀거렸다. 마운철은 알았다.

이들이 진실을 말하고 있다는 것을. 그것은 오랜 시간 포쾌로 일해온 그의 직감이었다. 하나 그것으론 부족했다. 그가 확인한 것은 고작 두 가지.

하나는 마인이 활개를 치고 있으며, 다른 하나는 그를 잡지 않는다면 이런 비극이 또 일어날 것이라는 점이다. 그는 조용히 자리에 앉아 술잔을 기울이기 시작했다.

"장 향주, 그대는 내 선택이 틀렸다 보는가?"

"대인께서 품은 뜻을 소인이 어찌 알겠습니까. 허나 저도 단 한 가지만큼은 알겠습니다."

장소평이 공손하게 술잔을 올리자 마운철이 답했다.

"그래, 나도 안다. 저들이 가는 곳마다 살겁이 일어나겠지.

구양선이라는 자가 저자를 노린다면 분명 그럴 것이니라. 그래서 자네는 내가 나서는 것이 옳다고 보는가?"

"그렇지 않았다면 저들을 대인께 인도하지 않았겠지요. 당금의 하오문이 어찌 황상을 거역하겠습니까마는 이번 일은 석연치 않은 점이 너무 많습니다. 황상의 무림에 대한 시선도 그렇고요."

"그래, 네 말이 옳다."

마운철은 장소평이 따른 술잔을 단번에 비웠다.

"일을 해야겠구나."

장소평은 마운철의 말에 고개를 숙이고 물러났다. 그가 일을 한다 하면 황실과 관련될 것이 뻔하다. 이런 일에는 즉시 빠져주는 것이 도리이리라.

"그럼 소인은 물러가겠습니다."

마운철이 고개를 끄덕이자 장소평은 물러나 조용히 문을 닫았다.

'이번 일은 상당히 여파가 크겠구나. 구양세가, 앞으로 어찌할지 기대해 보지.'

미꾸라지 한 마리가 물을 흐린다고 했던가. 지금이 딱 그 꼴이다.

구양선이라는 미꾸라지 한 마리가 구양세가를 온통 흩뜨려 놓고 있다.

거기에 황금포쾌 마운철이 나서서 그를 성토하면 구양세가는 상당히 많은 것을 포기해야 할 것이다.

"재밌게 돌아가는군. 하오문은 굿이나 보고 떡이나 먹어야겠어. 흐흐."

마운철은 객실을 벗어났다. 왠지 모를 찜찜함이 마음속에 가득했다.

마지막에 본 법륜의 눈 때문이다. 그의 눈은 맑았다. 강호인이란 살인을 밥 먹듯 저지르는 자들이라고 생각해 온 마운철이기에 법륜의 정기를 담뿍 담은 눈은 충격을 주기에 충분했다.

당금의 황상 주원장은 황위에 오르기 위해 무림의 힘을 빌렸다.

그 주축은 백련교였다.

백련의 힘은 강력했다. 원 황실의 수탈에 의해 한마음 한뜻으로 뭉친 민초들이 주인공이었다.

민초들의 염원이 하늘에 닿아서였을까, 백련의 중심으로 정의와 협을 외치는 무림인들이 속속 합류했다.

마운철도 그중 한 명이었다. 원 황실에서 한족의 위치는 저 서역의 색목인보다 못한 것이었기에 심산유곡에서 홀로 무공을 닦으며 두문불출했다.

'당금의 황상은 변했다.'

문제는 당금의 황제 주원장이 변했다는 점이다. 그는 자신의 주변에 모인 무림인들을 부담스러워했다. 그들의 강력한 힘을 업고 황제가 되었으나 황제가 된 뒤 주원장은 그들을 내쳤다.

민심의 근원이 되었던 백련은 사교의 무리로 엮었다. 무림인들은 다시 음지로 숨어들었고, 일부는 백련의 교리에 감화되어 그들의 수족이 되었다.

마운철은 아무 선택도 하지 않았다. 그저 황제의 곁에 남아 묵묵히 자신의 일을 수행했다.

하나 그도 이제 진절머리가 나기 시작했다.

"시작은 좌승상(左丞相) 호유용이 죽으면서부터였지. 아무리 권력을 잡은 자의 지당한 선택이라지만… 그 피의 숙청과 이번 학살이 다른 것이 무엇인지……."

마운철은 걸음을 옮기며 품에서 작은 패(牌) 하나를 꺼내 들었다. 마운철이 든 패는 금룡패(金龍牌)로 금의위 남북진무사(南北眞憮司)를 제외한 모두를 부릴 수 있는 무소불위의 권력이다.

"황금포쾌 마운철이 명한다. 금의위(錦衣衛) 위사들은 모습을 보이라."

마운철이 말을 마치자마자 그의 주변으로 광풍이 몰아치며 화려한 금의를 입은 무사들이 모습을 드러냈다.

"신(臣) 금의위 위사 조비영 외 구 명, 명을 받듭니다."

마운철이 조비영을 보고 고개를 끄덕였다. 비록 자신과 다른 길을 가겠다며 금의위가 되었지만 마운철은 조비영을 믿었다.

그의 의발을 이은 단 하나뿐인 제자가 아니던가.

하나 지금부터는 공적인 영역, 사제 간의 정리가 끼어들 여지가 없었다.

"조 위사, 섬서 한중의 구양세가에서 마인이 세상으로 나왔다. 그의 이름은 구양선, 소림의 제자이던 천야차 법륜이라는 자와 상당한 원한을 쌓았다고 전해진다. 천야차가 지금 이곳에 있으니 마인 또한 가까이 있을 터. 그를 잡아오라."

조비영이 읍을 하며 고개를 숙였다.

"명을 받들겠습니다."

마운철이 손짓하자 조비영과 나머지 금의위 위사 아홉 명이 순식간에 사라졌다.

상당한 경지의 경공술이다. 마운철은 위사들이 사라지자 허공을 향해 전음을 발했다.

[비영아, 그 구양선이라는 자, 쉽게 볼 자가 아니니 사정이 여의치 않거든 천야차와 합류하거라. 그는 이 스승과 비교해도 부족함이 없는 사내이니.]

조비영은 어둠 속에서 고개를 끄덕였다. 스승의 무공은 황실 내에서도 대적할 자가 몇 없다.

그런데 자신의 또래인 천야차라는 자가 스승과 비슷한 무위라니 그저 놀라울 따름이다.

'한번 부딪쳐 보고 싶군.'

무공이라면 그 역시 자신 있게 내세우는 장기가 아니던가. 직접 맞붙어보지는 못하더라도 옆에서 견식이라도 할 수 있다면 큰 도움이 되리라.

조비영은 발에 힘을 배가시켰다. 그의 몸이 한 마리 새처럼 날렵하게 쏘아져 나갔다.

* * *

"당신이군요."

구양선은 널따란 바위 위에 앉아 자신을 부른 여인을 쳐다봤다.

구양선은 경국지색이라는 말이 가진 뜻을 처음으로 가슴 깊이 이해했다.

지금껏 살면서 본 그 어느 누구도 눈앞에 서 있는 여인보다 뛰어난 미모를 가진 자가 없었다.

'잘못하면 홀리겠군. 정신 바짝 차려야겠어.'

구양선의 머릿속에서 경각심이란 단어가 떠올랐다. 하나 그런 그의 생각을 배신이라도 하듯 그의 눈은 계속해서 여인의 얼굴을 바라보고 있었다.

작은 얼굴에 오밀조밀한 이목구비가 조화를 이룬 얼굴이다.

하나하나 뜯어보면 절색은 아니지만 함께 모아두니 그만한 것이 없다.

"미치겠군. 당신은 요물인가?"

여인은 구양선이 내뱉은 요물이란 단어에 아미를 찌푸렸다. 그녀가 가장 듣기 싫어하는 말 중의 하나이다.

"본녀는 이설영이라고 해요. 천풍곡에서 왔죠."

"천풍곡이라… 들어본 적 없는데?"

이설영은 당연하다는 듯 고개를 끄덕였다.

천풍곡은 감숙 땅에서도 아주 깊은 곳에 있다. 세대를 건너 뛰어 강호행을 하는 그녀의 사문은 일인전승의 문파인 덕에 아는 이가 드물었다. 지금은 강호의 명숙이라 불리는 원로들 정도나 기억할까.

"모르는 것이 당연해요. 천풍곡은 강호행을 거의 하지 않으니까. 그보다 묻고 싶은 것이 있어요."

"묻고 싶은 것이라……. 내 답할 수 있다면 무엇이든 알려주지. 그래, 무엇이 알고 싶나?"

이설영은 허리춤에 꽂아두었던 부채를 손에 쥐고 구양선을 가리켰다. 그녀의 부채는 천풍곡주가 대대로 사용하는 철선으로 그 강도가 웬만한 병장기 저리 가라 할 정도의 신병이었다.

"근래에 자행한 학살, 당신의 짓인지 확인하러 왔어요. 그런데 굳이 물어볼 필요도 없겠네요. 남아 있는 흔적과 기운, 당신의 것이 분명한 것 같으니."

이내 그녀는 부채를 넓게 펼쳐 얼굴의 하관을 가렸다.

천풍곡에서 그녀는 이미 일문의 주인. 게다가 이설영의 배분은 강호행을 하지 않는 세대였다. 앞으로 있을 그녀의 제자에게만 허락된 강호행이다. 한데 눈앞의 사내 때문에 모든 것이 틀어졌다.

'그런 점에서 당신에게 조금은 감사하지만⋯ 용서할 수는 없겠군요.'

이 남자는 너무 멀리 갔다. 그녀가 강호에 나선 이유는 그녀의 가족 때문이다.

천풍곡은 일인전승의 문파에 한 세대를 걸러뛰기 때문에 그 전승자는 문주의 위를 이으면서 일생에 단 한 번 바깥으로 나올 수 있다.

때문에 이설영은 가족을 찾아갔다.

자신을 팔아넘기듯 천풍곡으로 보낸 부모지만 평생을 볼

수 없다는 생각에 얼굴이나 눈에 담아두자는 생각에서였다. 한데 그곳엔 자신을 반기진 않더라도 왔느냐는 말 한 마디 해 줄 사람이 없었다.

눈앞에 보이는 모든 것이 주검뿐이었다.

이설영은 그 광경에 차마 말을 잇지 못했다.

다정다감하진 않더라도 마음속 하나의 버팀목이던 가족이 모두 싸늘하게 식어가는 모습을 보자 분노가 치밀어 올랐다.

그녀는 곧장 홍수를 찾아 나섰다. 진득한 마기와 양강지력, 거기에 근접 박투를 장기로 하는 자가 범인이었다.

이설영은 천풍곡으로 전서를 띄웠다. 이제부터는 자신이 문주이니 자신의 뜻대로 하겠다는 의지가 가득 담긴 서신을 전했다.

그리고 범인을 찾아 나선 길 끝에서 그녀는 마인 구양선을 만났다.

"이제부터 본녀를 원망하지 마세요. 당신이 저지른 학살에 대한 대가이니 달게 받으시길."

이설영은 손에 쥔 부채를 접어 구양선을 겨눴다.

"그런가? 그 작디작은 산골 마을의 복수를 하러 왔는가?"

구양선의 표정이 일순간 싸늘하게 식었다. 거대한 미끼에 예상외의 인물이 걸려들었다.

이번 미끼는 눈앞의 여자가 아니라 천야차를 겨냥한 것이었다.

상대가 자신보다 하수였다면 웃어넘기겠지만 눈앞의 무인은 상당히 강력해 보였다.

"미안하지만 다음에 상대해 주면 안 될까? 이쪽도 사정이 있는지라⋯⋯."

"그런 살업을 저질러 놓고도 그런 말이라니, 웃기지도 않는 소리로군요. 각오하시는 게 좋을 거예요. 천풍곡의 선법(煽法)은 매섭답니다."

이설영의 몸에서 바람이 불기 시작했다.

맥동하는 진기가 넘실넘실 흐르며 부채의 끝으로 모여들기 시작했다.

부채 끝에 매달린 진기가 고속으로 회전하면서 주변의 공기를 끌어들이고 있었다.

'바람이⋯⋯.'

구양선은 이설영의 몸에서 불어나오는 바람을 정확하게 인지했다.

그 역시도 몸속의 진기로 불길을 불러오니 바람을 불러오는 것이 이상한 일은 아닐 테지만, 자신이 직접 하는 것과 누군가에 의해 겪는 것은 상당한 차이를 보였다.

게다가 그녀의 바람은 자신의 불꽃과는 달리 완벽했다.

힘의 밀집도부터 달랐다. 구양선이 지닌 불꽃의 힘이 세상을 불태울 힘이라면, 그녀가 지닌 바람의 힘은 그 불꽃을 꺼뜨릴 힘처럼 보였다.

'위험해.'

위험했다. 이설영의 진기는 저 고요함과는 정반대로 파괴적이었다.

그것을 구양선은 본능적으로 느꼈다.

구양선은 재빨리 손끝에 진기를 모았다. 손날에 검붉은 불꽃이 솟아났다.

동시에 구양선의 몸 위로 강철판 같은 방벽이 하나둘 떠올랐다.

마벽(魔壁)이다.

법륜과 부딪쳤을 때와는 다르게 온전한 형태에다. 몸에 겹겹이 두른 것이 갑옷을 여러 겹 걸쳐 입은 듯하다.

지난 일 년간 법륜을 쫓으며 그도 놀고 있던 것만은 아니었다.

투로와 형이야 그가 제대로 알고 있는 것이 없었으니 법륜의 것을 따라 했지만, 내력만큼은 누구에게도 지지 않을 만큼 단련했다.

이설영은 그 모습을 보고 눈살을 찌푸렸다.

처음 보는 형태의 무공, 그리고 발현 방법이기 때문이다. 그녀는 작은 입술을 깨물었다.

스승에게 들은 무림인들의 무공과 많이 달랐다.

특히 저 방벽, 마기가 뭉쳐 온몸을 보호하는데 천풍선법을 극성으로 연마한 그녀의 눈에도 그 틈이 제대로 보이질 않았다.

'그렇다면……'

이설영의 선택은 간단했다.

틈을 비집고 들어갈 방법이 마땅치 않으니 통째로 갈아버리기로.

이설영의 부채 끝에서 불어나온 미약한 바람이 거세지기 시작했다.

그녀가 철선을 펼치자 거세진 바람이 그녀의 부채 주변을 맴돌기 시작했다.

"당신, 본녀와 대적하려 한 것을 후회할 거예요."

이설영의 부채가 춤을 추기 시작했다.

부채가 춤사위 한 동작을 마칠 때마다 철선의 주위로 모여들던 바람이 눈덩이처럼 불어났다.

불릴 수 있는 한계까지 바람이 불어나자 주변이 미친 듯이 흔들리기 시작했다.

천풍선법이 발현되기 직전.

"위험해. 아주 위험해."

구양선이 이설영의 바람을 보며 중얼거렸다.

이대로 뒀다가는 저 바람에 갈기갈기 찢길 것 같은 느낌이 들었다.

시간을 줘서는 안 된다. 먼저 치고 나가야 이 난관을 타개할 수 있을 거란 생각이 들었다. 구양선은 계산된 행동이 아닌 본능에 몸을 맡겼다.

구양선의 몸이 화포처럼 쏘아졌다.

그대로 몸을 날려 이설영의 몸통을 노렸다. 법륜의 고법을 본떠 만든 투로였다. 게다가 구환신마벽(九煥神魔壁)이라 이름 붙인 마벽으로 몸을 보호하고 있는 터라 그 움직임에 망설임이 없었다.

이설영은 몸을 날려 오는 구양선을 향해 철선을 휘둘렀다. 철선이 바람의 기운을 머금고 구양선을 향해 쏘아졌다. 고작 부채를 휘둘렀을 뿐인데도 마치 검기를 뽑아낸 것처럼 유려하고 날카로운 기운이었다.

쒜에엑―

이설영은 거기에서 그치지 않았다. 철선을 한 번만 휘두른 것이 아니라 연달아 수십 번을 내쳤다.

눈에 보이는 저 마기의 벽을 단숨에 흐트러뜨릴 수 없다고 판단한 까닭이다.

그녀는 부채로 날카로운 선기(煽氣)를 쏘아내면서 뒤로 몸을 뺐다.

무식하게 돌진하는 몸뚱이에 부딪쳐 봐야 자신만 손해다. 게다가 불시의 틈을 노려 펼친 고법은 상당히 준수해 보였지만 그 이후에 연환되어야 할 투로는 엉망이다.

구양선은 자신이 날린 선기에 전진하지도 후퇴하지도 못하고 있었다.

'기회!'

이설영의 철선이 팔자 모양의 띠를 그리며 회전했다. 그녀가 가진 절초 중 가장 강력한 위력을 자랑하는 초식인 회풍유성(回風流星)의 준비 동작이다.

띠를 그리던 그녀의 부채가 하늘 높이 올라가자 팔자 모양의 기가 철선에 걸려 단번에 딸려 올라갔다.

이설영이 철선을 펼치자 팔자 모양으로 회전하던 기운이 일자 모양으로 펼쳐졌다. 이설영은 재빨리 부채의 날로 펼쳐진 기운을 조각냈다.

거대한 풍기(風氣)가 잘게 조각나자 그 뒤로 바람이 불었다. 이설영이 부채를 휘두른 것이다. 가볍게 휘두른 부채질이지만 그 결과는 절대 가볍지 않았다.

회풍유성.

휘도는 바람이 유성처럼 떨어진다고 해서 붙은 이름이다. 그리고 이설영의 초식은 그 이름값을 톡톡히 하고 있었다. 작은 파편 하나하나가 전부 절세의 암기처럼 쏟아졌다.

구양선은 그 광경을 멍하니 바라보았다. 아름다웠다. 저 무공의 이름이 무엇인지 모르겠으나, 그 움직임만큼은 절색의 무희가 춤을 추는 것처럼 아름다웠다.

하나 지금은 넋 놓고 바라보다간 갈기갈기 찢겨 죽을 상황이다. 구양선은 퍼뜩 정신을 차렸다.

'마벽을……'

구양선은 구환신마벽의 기운을 배가시켰다. 두꺼운 마기가 구양선의 몸을 한 차례 더 감쌌다. 그러곤 이설영의 회풍유성과 구양선의 구환신마벽이 부딪쳤다.

콰아아앙!!

귀가 먹먹해질 정도의 굉음이 사위를 뒤덮었다.

구양선은 이설영의 회풍유성에 구환신마벽이 갈가리 찢겨져 나가자 계속해서 마벽을 일으키며 접근했다. 다른 수를 낼 여력이 없었다.

구양선이 힐끗 이설영을 바라보니 그녀는 벌써 다음 수를 준비하고 있는 것 같았다.

구양선은 이를 악물었다.

무력감이 전신을 휩쓸었다. 조부 구양백으로부터 전해 받은 남환신공은 강력했다.

거기에다 역천의 이(理)를 행해 그 파괴력만큼은 더할 나위 없이 거세지지 않았는가.

'어째서……!'

이설영이 부채를 접고 선극(煽極)으로 자신을 겨누는 것이 보였다.

불길한 생각이 들었다.

원수나 다름없는 천야차와 비슷한 탄지 계열 무공의 느낌이다.

"빌어먹을!"

구양선은 몸을 둘러싼 마기를 폭발시켰다.

그에게 천야차 법륜은 역린(逆鱗)이나 다름없었다. 모든 것을 버리더라도 이 세상에서 없애고 싶은 단 하나. 그것을 꼽자면 구양선은 주저 없이 법륜을 꼽으리라.

그가 마기를 폭발시키자 마벽이 터지면서 허공에서 불꽃이 타올랐다.

그는 그 불꽃들을 향해 마구 손을 휘저었다.

암화는 구양선이 손짓을 할 때마다 터지며 이설영의 진로를 방해했다.

이설영은 불꽃이 주변에서 계속해서 터지자 겨눈 선극을 거둘 수밖에 없었다. 하나 이대로 물러서기엔 잡은 기회가 너무 아까웠다.

"이대로 물릴 수는 없지!"

그녀는 철선을 물리는 대신 몸을 움직였다. 방향은 구양선의 정면이었다.

하늘하늘한 신법임에도 그 속도가 무시 못할 정도이다. 선법을 구사하기에 근접전을 피한다고 생각하면 오산이다. 천풍곡은 그 선법만큼이나 대단한 절기가 여럿이다. 그중에는 선법을 구사하기에 그 약점을 보완하기 위해 만든 것도 많았다. 바로 지금처럼.

이설영의 장심이 쾌속의 속도로 구양선의 몸에 닿았다. 극한에 이른 내가중수법이 구양선의 내부로 파고들었다. 그 선택은 분명 이설영이 할 수 있는 최선의 선택이었다. 이설영은 그 결과를 믿어 의심치 않았다.

하나 구양선의 내력은 보통의 사람과는 다른 것. 마공이란 일반적인 상리로 재단할 수 없는 것이다.

이설영은 자신의 무공을 자신한 나머지 그 사실을 간과했다.

"됐다!"

구양선은 이설영의 팔을 그대로 붙잡았다. 몸속으로 파고드는 진기가 느껴졌지만 상관하지 않았다. 남환신마공의 불길이 그 기운을 삽시간에 잡아먹을 테니까. 이설영의 눈에 당황한 기색이 역력했다.

내가중수법은 말 그대로 내부에 막대한 압력을 가하는 수법이다.

보통의 무인이라면 그 기운을 견디지 못하고 폭사하는 일이 다반사이건만, 눈앞의 마인은 막강한 내력을 견뎌내고 자신의 팔을 붙잡았다.

구양선이 몸을 움직였다.

예의 그 고법이다. 이설영은 종전에 보여준 움직임을 떠올리며 철선으로 가슴을 가렸다. 몸을 피할 수 없다면 경락의 중심이 되는 요혈부터 보호해야 다음을 도모할 수 있기 때문이다.

퍼어어엉!

구양선이 몸을 부딪치자 이설영의 몸이 덜컥 흔들렸다. 구양선은 몸을 부딪치는 와중에도 이설영의 팔을 놓지 않았다. 이설영의 몸이 다시 구양선이 몸으로 딸려들어 갔다.

'다시 한번.'

구양선이 다시 몸을 부딪쳐 오자 이설영은 이를 악물었다. 그의 몸통을 막은 팔에 격통이 느껴졌다. 그리고 깨달았다. 이자는 팔이 잘리지 않는 한 자신을 놓지 않을 것임을. 그 의지가 그의 일그러진 얼굴에 여실히 드러난 까닭이다.

결단을 해야 했다.

이대로 계속 공격을 허용하면 이길 수 있는 상대에게도 빈틈을 허용하게 된다. 그래서는 안 된다. 자신은 천풍곡의 곡주가 아니던가.

이설영은 눈을 반개했다. 생각은 상황에 비해 길었지만 결단은 빨랐다.

몸의 요혈을 가리던 철선이 움직이기 시작했다. 급박한 와중에도 진기를 모으자 철선의 끝이 날카롭게 변했다. 그 예리함이 잘 벼린 단도를 보는 것 같았다.

이설영은 순식간에 구양선의 팔을 향해 철선을 여러 번을 내쳤다.

촤악, 촤아악!

살이 갈리는 소리가 들리면서 구양선의 팔에서 피가 튀었다.

구환신마벽을 해제했다고는 하지만 몸 전체에 마기를 고르게 퍼뜨린 상태였다.

그 단단함은 강철과도 같았는데 한낱 부채 따위에 갈라지자 부아가 치밀었다.

무엇을 포기하고 얻은 힘인지 알기나 할까.

그는 이 힘을 얻는 대가로 많은 것을 잃었다. 세가주의 지위도, 구양세가라는 든든한 버팀목도, 그리고 가족도 잃었다. 심지어 마인이라는 오명에 무림의 공적까지 되었다. 구양선 그의 의지가 아니었다고 한들 바뀌는 것은 하나도 없었다. 알아주는 이도 없었다.

구양선은 이설영의 팔을 놓았다.

구양선이 갑자기 팔을 놓자 이설영의 몸이 휘청거렸다. 그녀는 재빠르게 철선을 당겨 몸을 보호했다. 구양선이 팔을 길게 뒤로 뺐다.

이 역시 법륜의 무공인 지옥수를 모방한 수법이다.

그 위력만큼은 법륜의 지옥수에 절대 뒤처지지 않는다고 자부했다.

구양선이 팔을 뻗어내는 그 순간.

피이이잉!

저 멀리서 파공음이 들렸다.

'화살……?'

아니다. 화살이 아니었다.

지력(指力)이다.

구양선은 대기를 찢을 듯 날아오는 음파에 드디어 그의 대적자가 왔음을 직감했다.

구양선은 웃었다. 눈앞에 눈을 치켜뜬 여인이 보였지만 다음을 기약한다.

"미안한 일이지만 여기까지만 해야겠어. 무시무시한 놈이 오고 있어서."

구양선은 뒤로 당긴 손을 파공음이 이는 곳을 향해 내쏘았다.

쾅음이 울리자 구양선은 이설영을 일견한 뒤 가볍게 팔을 털었다. 철선에 갈라진 팔에서 핏물이 튀었다.

"당신……!"

이설영은 구양선을 붙잡으려 했으나 두 눈으로 목격한 기사를 보곤 말을 잇지 못했다.

자신의 부채에 갈라진 마인의 팔이 눈에 확연히 보일 정도로 회복되고 있었다.

"이제 놀이는 끝났어. 지옥을 보고 싶다면 더 덤벼도 좋아. 내 모든 것을 걸고 박살 내줄게. 하지만 지금 당장은 아니야. 저기 저놈과의 일을 끝낸 뒤 끝을 보자."

구양선이 끝내 등을 돌려 손에서 멀어질 때까지 이설영은 아무것도 하지 못한 채 우두커니 서 있었다. 기묘한 감정이 전신을 엄습했다.

부모의 원수를 눈앞에 두고 복수를 망설이는 자신에 당황스러웠다.

마인이 달리기 시작했다.

다시금 마기의 방벽을 둘러쳤다. 구환신마벽이 겹겹이 길을 막아섰다.

콰아아앙!

법륜이 쏘아낸 마관포가 벽을 부수고 전진했다. 하나, 둘, 셋……. 아홉 개의 마벽을 모두 부수고 구양선의 코앞까지 도달한 마관포가 힘을 잃고 스러졌다.

"이제야 되는군."

막아냈다. 비록 아주 먼 거리에서 쏘아낸 지력이지만 처음으로 상처 없이 법륜의 공격을 막아냈다.

"어서 오라, 나의 대적자여! 큭큭!"

구양선은 광기(狂氣)에 찬 목소리로 외쳤다.

이설영은 그 광경을 뒤에서 바로 보고 있으면서도 쉽사리 손을 내칠 수 없었다. 그와 더 손을 섞었다간 저 광기에 자신마저 휩쓸릴 것 같은 탓이다.

'대체 누가……'

그녀도 보았다.

마인을 향해 날아온 엄청난 지력. 자신도 막으려면 막을 수야 있겠지만, 아무런 타격 없이 막아낼 자신은 없었다. 그렇기 때문일 것이다.

저 마기로 만든 방벽, 저 지력을 쏘아낸 자를 상대하기 위해 만든 것이 틀림없었다.

이설영은 침을 꿀꺽 삼켰다.

아직 모습을 보이진 않지만 필시 엄청난 자일 것이다. 그런 그녀의 궁금증을 풀어주듯 숲을 헤치고 한 사내가 뛰쳐나왔다. 사내는 수풀에서 벗어나자마자 눈을 크게 떴다.

"구양선!"

법륜은 수풀을 헤치고 나오자마자 구양선을 발견하곤 눈

을 치켜떴다.

도저히 몸을 가만히 둘 수가 없었다.

그를 이곳으로 끌어들인 것은 차치하고서라도 애꿎은 민초를 학살해서는 안 됐다.

법륜의 고함과 함께 진공파가 터졌다.

삽시간에 진공파가 사위를 휩쓸자 흙먼지가 자욱하게 일어났다.

법륜은 시계가 불안정함에도 곧장 달려나갔다. 비록 보이진 않았지만 느낄 순 있었다. 법륜은 불광벽파를 일으켰다. 최강의 호신공이자 공격기인 불광벽파가 구양선의 마벽과 부딪쳤다.

불광벽파와 구환신마벽이 부딪치자 쇠가 갈리는 듯한 소음이 주위를 잠식했다.

'사람이 있어……?'

구양선의 뒤로 한 여인이 보였다.

법륜은 당황한 듯 아무 행동도 하지 못하는 여인을 보자 불쾌한 감정이 치솟았다. 아무 죄 없는 사람을 학살하고 여인을 끼고 나타난 구양선에게 분노가 치밀어 마음이 부산스러워졌다.

"이 개만도 못한 놈. 어찌 죄 없는 사람들을 그리……."

구양선이 지지 않고 되받아쳤다.

"이게 다 너 때문이다!"

법륜은 순간 어처구니가 없어 헛웃음을 흘렸다.

저놈은 세상에 존재해서는 안 될 망종이라는 생각이 강하게 들었다.

돌이켜 보면 시작부터 악연이었다. 언제나 법륜이 그보다 앞서갔다.

무공도, 배경도, 그리고 처음 마주친 그 순간에도 그는 피를 철철 흘리며 목숨을 구걸했다.

그리고 그 둘은 지독한 운명으로 엮여 있었다.

하나 법륜과 구양선이 운명으로 서로 떼려야 뗄 수 없는 관계라지만 인간으로서 해도 되는 일과 해서는 안 되는 일이 있다. 이번 학살이 그와 같았다.

"이번엔 반드시 죽여주마. 네놈의 심장을 잡아 뽑겠다."

"하, 누가 마인인지 모르겠군. 허나 이번엔 다를 거야. 내가 수련을 좀 했거든."

법륜이 코웃음을 쳤다.

저 마벽, 전에 보았을 때도, 그리고 지금도 그 틈이 여실히 보인다.

일 년의 수련을 통해서 저 정도의 성취를 얻었다면 법륜은 지난 일 년 동안 날개를 달았다.

조그마한 참새의 날개 따위가 아니다. 창공을 훨훨 나는 봉

황의 날개이다.

"네놈이 백날 수련을 해봐야 나를 따라올 수는 없어. 그 마벽, 전에도 보았지만 조잡하다. 기는 따르되 정신(精神)이 그 기를 따르지 못하니 그 틈이 하늘만큼 넓구나."

"네깟 놈이 뭘 안다고!"

구양선이 발끈했다.

놈은 제 스스로 잘난 줄 안다.

좋은 스승에 사문, 절세의 무공까지 모두 타인의 힘으로 얻었으면서 부족한 사람이 조금이라도 무언가를 탐하면 협의를 부르짖으며 달려든다. 욕심이라고, 남을 해치는 욕망이라고 욕한다.

구양선은 법륜이 일으킨 불광벽파를 향해 손을 뻗었다.

구환신마벽이 몸을 제대로 보호해 주는 지금이라면 해볼 만하다.

그는 법륜에 관한 정보를 얻은 때부터 지금까지 지난 일 년 동안 무수히 단련해 왔다.

제대로 된 상승무공을 배운 적 없으니 저자의 삼류무공부터 시작했다.

그렇게 만들고 다져온 무공이다.

'보여주마. 삼류무공이라도 네놈을 찢어 죽이기엔 충분할 터이니.'

불광벽파가 일그러졌다.

법륜의 얼굴이 찌푸려졌다.

구양선의 손이 계속해서 불광벽파를 밀고 들어오고 있었다.

자세를 보니 육합권(六合拳)이다.

법륜은 열 살이 되기도 전에 마친 무공이다. 고작 그런 무공으로 그리도 자신했던가.

"네놈에게 죽은 원혼들이 땅을 치고 울 것이다."

법륜은 신의 철탑을 던졌다.

철탑신추 개벽(開闢)이다.

법륜의 주먹이 구양선의 손을 향해 마주 뻗어 나갔다. 개벽은 일초 붕산(崩山)과 달리 전면을 노리지 않는다. 오로지 일점에 강기를 극으로 모아 내치는 추법이다.

구양선의 얼굴이 경악으로 물들었다.

그의 바람과는 달리 그의 마벽은 법륜의 일권도 막지 못했다.

일으켜 세운 마벽이 차례로 무너지더니 이내 구양선의 손에 닿았다.

퍼어엉!

주먹의 극점에 모인 기운이 폭발했다. 구양선이 재빨리 팔을 뺐지만 그 너무 늦었던지 그만 그 폭발에 오른팔이 휘말리고 말았다.

"크아아악!"

드러난 모습은 처참했다. 구양선의 오른팔이 꺾일 수 없는 각도로 뒤틀리고 살갗이 모조리 터져 나갔다. 법륜은 그런 구양선의 앞에 섰다.

드디어 끝났다.

세상 넓은 줄 모르고 설치던 망종을 드디어 끝장낼 수 있는 기회가 왔다.

이놈을 죽이고 풀지 못한 매듭을 풀어야 한다. 짧은 기간에 너무 많은 일을 겪었다.

가깝게는 마의의 실종에서부터 당가와의 일전, 소림과 구양세가의 분쟁, 그리고 청해성에 있는 구원까지.

"마의는 어디 계신가?"

법륜이 구양선을 걷어찼다.

"컥!"

구양선이 짧은 신음을 내뱉고 땅을 뒹굴었다.

그는 자리에서 일어나려고 애를 썼지만 뒤틀린 팔 때문인지, 아니면 강기에 격중당해 마벽이 깨진 여파인지 몸이 말을 듣지 않았다.

"흐으, 내가 그걸 네놈에게 말해줄 성싶으냐?"

"상관없다. 네놈이 말 안 해도 말을 할 사람이 하나 더 있으니. 네놈이 답하지 않으면 저 여인이 답하겠지."

구양선이 답하기도 전에 여인의 입이 열렸다.

"저는 저 사람과 상관이 없어요."

제십칠장(第十七章)

진위(眞僞)

"그 말을 믿으라고?"

법륜이 어이없다는 듯 여인에게 말했다.

이설영은 눈앞의 승려가 뭔가 오해하고 있음을 직감했다. 제대로 설명하지 않는다면 마인과 한패로 몰릴 지경이다. 이설영은 마음속의 끓어오르는 분노를 잠재웠다.

부모의 원수와 대천풍곡의 당대 곡주인 자신을 동급으로 취급하다니.

"그렇게 말해도 소용없는 일이예요. 저는 정말 저 사람과 상관이 없으니까요. 저는 원한을 갚기 위해 이자를 찾아왔어요."

"원한이라……?"

이설영은 차분하게 말을 이었다.

"근래에 학살이 자행된 작은 산골 마을이 제 고향이에요. 제 부모님도 이자에게 죽었죠."

법륜이 송곳니를 드러냈다.

"아주 재미있는 말을 하는군. 그게 말이 된다고 생각하나? 그 마을은 작은 화전이었다. 근방에 사는 사람들에게 물어도 그 이름을 알 수 없는 곳이었어. 그저 십여 년 전에 몇몇이 이주해 왔다더군. 그런데 내 눈앞에 있는 자는 엄청난 고수로군. 이게 우연일까?"

"당신이 하고 싶은 말이 뭐죠? 그런 산골짜기에선 고수가 나올 수 없다는 뜻인가요?"

법륜은 고통에 신음하는 구양선을 일견하곤 다시 이설영을 바라봤다.

"좋아, 당신 말이 맞다. 그런 곳에서도 고수는 나올 수 있지. 하나 당신 정도의 무인이 이런 반푼이 하나를 못 잡았다고? 그 말을 믿으라는 뜻인가? 차라리 한패라 생각하는 것이 이치에 맞지 않나?"

이설영은 법륜의 말에 그대로 입을 다물었다.

맞다. 구양선이라는 이름의 마인은 분명 강력하지만 그 한

계가 뚜렷했다.

가공할 내력과 방패로 무장했지만 투로는 형편없었다. 백전의 단련을 하지 않은 자였다.

"그렇게 생각해도 할 수 없는 일이에요. 허나 이쪽은 결백하니 더는 할 말이 없어요. 그래서 어쩔 거죠?"

"어쩔 것이냐……. 입을 열게 만들어주지. 그 입에서 이자와 한패라는 이야기가 나올 때까지 쉴 수 없을 거야."

법륜이 구양선의 팔을 짓밟았다.

이설영의 눈이 불쾌한 듯 찌푸려졌다.

"저자의 말이 맞군요."

"뭐지?"

법륜이 이설영에게 한 걸음 다가서자 이설영이 손에 든 부채를 펼쳤다.

이설영이 부채를 펼치자 법륜은 걸음을 멈추고 가만히 그녀를 지켜봤다.

하고 싶은 말이 있다면 지금 하라는 뜻이다.

"머리와 복장을 보니 승려인 것 같은데, 그만한 무공을 구사하는 곳은 무림에서 단 한 군데뿐이죠. 당신, 소림의 제자이지요?"

"그렇다면? 똑바로 말해, 말 돌리지 말고. 하고 싶은 말이 뭐지?"

"저자가 그랬죠. 누가 마인인지 모르겠다고. 당신은 마공을 익히진 않았을지언정 그 심성은 저자와 다를 것이 없어요. 쓰러진 자를 공격하다니. 차라리 깔끔하게 목을 베세요."

이설영이 말을 마치자 법륜은 크게 웃었다.

참으로 바보 같은 이야기다. 이자와 자신에 대해서 무엇을 안다고 그리 떠드는지.

"왜 웃죠? 제 말이 우습나요?"

"아아, 그런 것은 아니다만, 이야기를 하나 들려주지. 정도 팔대세가라는 구양세가에서 마인 하나가 나왔다. 그 마인은 중원 곳곳을 기웃거리며 분탕질을 쳤다. 그리고 이 나를 불러내기 위해 죄 없는 사람들의 목숨을 빼앗고 한 사람을 납치했다. 나는 그분을 찾아야 해. 이놈은 그분이 어디에 계시는지 입을 열 때까지 죽을 수 없다."

"그렇군요. 허면 안됐네요."

"그게 무슨 뜻이지?"

이설영의 눈이 번뜩였다.

그녀는 고통에 신음하는 구양선을 향해 부채를 뻗었다. 일격이면 끝이 난다.

그러면 저 승려는 어떤 선택을 할까. 본인이 저 마인과 한패가 아니라는 것을 인정할까, 아니면 분노에 차 자신을 공격할까.

그 어떤 쪽이라도 그녀는 좋았다.

원수를 갚고 중원 최고의 무파라는 소림의 승려와 무공을 겨룰 수 있으니.

"제가 저자를 여기서 죽일 테니까요. 천풍곡주의 이름을 걸고."

"당신, 진심이군."

법륜은 유심히 이설영을 살폈다.

특별히 사특한 기운이라거나 마기는 느껴지지 않았다.

천풍곡이라는 이름을 들어본 적이 없으니 그 사문의 연원에 대해서는 알 수 없지만 적어도 거짓을 말하는 것 같지는 않았다.

"물론이에요. 저는 거짓말을 하지 않았으니까. 그러니 선택해요. 나는 저자에게 원한이 있고 당신은 알아낼 것이 있죠. 끝끝내 나와 싸우겠다면 저자를 죽이고 당신과 싸우겠어요. 허나 그렇지 않다면 기다려 주죠. 당신이 원하는 것을 알아낼 때까지."

법륜은 이설영의 그 말에 합장했다.

구양선에 대한 분노가 눈앞을 가려 천지 분간을 못하고 애먼 사람에게 손을 쓸 뻔했다.

법륜은 그녀의 말을 십분 이해했다. 누가 마인인지 모르겠다는 그 말을.

상황이 상황이다 보니 마음이 너무 급했던 게다. 법륜은 씁쓸한 기분이 들었다.

야차가 되겠다고 마음먹은 뒤로 무엇이든 항상 거침없이 행해왔는데 그 모습이 마인과 다르지 않았음에, 그리고 결국 그 끝이 별로 좋지 않을 것임을 직감했기 때문이다.

법륜은 눈을 감았다.

"실례했소. 내 사과하지. 눈앞에 희뿌연 안개를 걷어내 준 것에 감사하오. 허나 저자는 나와 오랜 구원이니 지금은 당신이 양보해 주셨으면 하오."

법륜의 태도가 돌변하자 이설영에 눈에 이채가 스쳐 지나갔다.

자신의 태도에 곧바로 사과할 수 있는 것은 자존심을 굽히는 일과 같다.

강대한 무공을 쌓아 실력에 자신감이 붙기 시작하면 자존심도 한없이 높아만 간다.

드높은 자존심을 단번에 굽힐 수 있다는 것, 그것만으로 이설영은 눈앞의 승려를 다시 보았다.

"좋아요. 헌데 이런 이야기를 하기 전에 우리 통성명부터 하죠. 계속해서 당신이라 부를 수는 없잖아요? 나는 이설영이예요."

"법륜이라고 하오."

"법륜이라……. 들어본 적이 있는 이름인 것 같은데……."

법륜은 쓴웃음을 지었다.

그럴 수밖에.

그의 별호와 이름은 현재 인근에서 악명이 자자한 마인이 되었다.

발 없는 말이 천 리를 간다는 옛말처럼 순식간에 잘못된 소문이 퍼지자 어떻게 손을 쓸 도리가 없었다.

현재 여립산이 그와 떨어져 있는 것도 그 소문의 근원을 잠재우기 위함이니 사안의 심각성이 생각한 것보다 지대했다.

"그럴 것이오. 지금 근방에 내 악명이 자자하니까."

"아뇨."

이설영은 고개를 저었다.

"그런 의미가 아니에요. 저는 학살이 자행된 마을에서부터 저 마인을 추격했어요. 그러니 그 악명은 듣지도 겪어보지도 못했으니 신경 쓰지 마세요. 단지… 어디선가 들어본 이름인지라……."

그때, 이설영의 뒤편 나무에서 정체불명의 목소리가 들려왔다.

"그것은 나도 궁금하군."

나무 위에서 모습을 드러낸 사내.

그는 금색의 화려한 의복을 입고 있었다.

가슴에 금룡이 수놓아진 멋들어진 옷이었다. 하나 법륜과 이설영은 쉽사리 웃을 수 없었다. 그 금의가 상징하는 바가 명확했기 때문이다. 금색을 이용한 옷은 일반 평민은 사용할 수 없었다.

법륜과 이설영이 굳은 이유. 금색의 의복은 관인, 그것도 꽤 고위직이나 되어야 입을 수 있는 복장이기 때문이다. 게다가 입고 있는 옷이 무복이니 황실에서 그런 존재는 단 하나뿐이다.

"금의위… 마운철 대인이 보내셨습니까?"

법륜이 굳은 얼굴로 물었다.

"그렇다네. 헌데 자네들은 예의가 없군. 황실의 인물을 보고도 고개를 숙이지 않다니, 황실에 대한 불충일세."

법륜과 이설영은 젊은이의 발언에 마음이 꿈틀거렸으나 쉽사리 움직이지는 않았다.

마운철이 보냈다면 그가 마음을 고쳐먹었다는 뜻인데, 그 고고한 자가 이런 안하무인인 사람을 보냈을 리 없다는 믿음에서였다.

"허, 끝까지 허리를 굽히지 않으시겠다?"

금의를 입은 사내가 손짓하자 나무 곳곳에서 금의를 입은 무사들이 튀어나와 법륜과 이설영의 주위에 섰다.

금의위가 법륜과 이설영을 포위하듯 감싸자 법륜이 앞으로 나서며 따지듯 물었다.

"이러시는 이유가 뭡니까? 마 대인이 보내셨다니 나눈 이야기를 모두 들으셨을 텐데요. 갖추지 않아도 될 예를 운운하며 핍박하는 것은 무슨 경우요?"

그 말에 금의사내는 시원한 웃음을 보였다.

"그래, 들었지. 그래서 이러는 것이라네. 마 대인께서는 내게 구양선이라는 자를 잡아오라고 명하셨지. 그리고 그자는 지금 자네 발밑에 꿈틀거리고 있는 것 같군. 그것으로 내 임무는 끝났다네."

"한데 어찌 이러시오?"

법륜이 미간을 좁히며 묻자 금의사내는 금의위를 뚫고 앞을 나섰다.

그는 허리 뒤에 길이가 보통 검의 반절 정도 되는 한 쌍의 검을 교차해서 차고 있었다.

"내 이름은 조비영이다. 황금포승의 주인인 황금포쾌 마운철 대인께 사사했다. 비록 포쾌와는 뜻이 맞지 않아 금의위로 활동하고 있으나 스승의 뜻을 전적으로 동의한다. 내게 당신이나 저기 쓰러져 있는 마인은 크게 다르지 않아. 그러니……."

조비영이 허리춤에 묶어놓은 검에 손을 가져다 댔다.

"한번 붙자."

　　　　　*　　　　　*　　　　　*

　당천호는 어느 날부터인가 가슴이 텅 빈 것처럼 허전했다.
이유를 찾아보았지만 모든 것이 호재로 돌아가는 지금, 그의
가슴속 구멍을 파낸 원인을 찾기에 어려움을 느끼고 있었다.

　"어쩐 일인지……."

　당천호가 내원의 한편을 계속해서 서성이자 근방에서 번을
서고 있던 젊은 무사 하나가 다가왔다.

　"대총관 어르신, 어찌 그리 서성이십니까?"

　당천호는 입가에 인자함을 머금고 상대했다. 어린 나이에
내원의 경비를 맡았다면 그 실력이야 출중할 테지만, 이 말단
무사가 누구의 사람인지는 모른다. 아직 당가는 그의 것이 아
니다.

　"허허, 언제부턴가 마음이 조금 허전하니 왜인지 그 이유를
알 수가 없구나."

　"그러십니까. 이제 곧 가을이니 계절을 타는 것이지 않겠습
니까."

　젊은 무사는 세가 내 실세 중의 실세인 당천호가 살갑게
말을 받아주자 감격한 듯 옆에서 떠들기 시작했다. 당천호의
입매는 연신 웃음을 띠고 있었으나, 마음속은 북풍이 몰아치

듯 싸늘하기만 했다.

'어째서인가. 알 수가 없군. 이런 불안감, 오랜만이야.'

당천호가 겉과 속이 반대의 극치를 보여주고 있을 때, 말단 무사가 생각지도 못한 말을 꺼냈다.

"헌데 독룡이라 불리시는 당 대협께서는 어디로 출타하셨기에 이리 자리를 오래 비우신답니까?"

'이거다.'

당천호는 그 허전함의 근본적인 원인을 찾아냈다. 이상한 기분이 들었다.

동생인 당천후를 생각하자 마음 한편이 칼로 도려낸 듯 아파왔다.

'왜냐. 왜 이런 기분이 드는 것이냐. 대체 무슨 일이 있길래……'

"자네, 독정각(毒正閣)에 가서 십수와 십독이 어디에 있는지 위치를 파악해 달라고 이르게. 내 직접 명했다 전하고."

"예……?"

"빨리!"

당천호는 호통을 쳐서 젊은 무사를 보낸 뒤 마음을 진정시키기 위해 애를 썼다.

"별일 아닐 것이야. 그저 오래 못 보았기에 그런 것일 터. 벌써 세가를 비운 지 한 달이 넘어갔으니."

당천호는 계속해서 마음을 다스리려고 노력했지만, 그는 왜인지 모르게 독정각에서 보내온 정보가 그리 좋은 소식은 아닐 것이라는 예감이 들었다.

어쩌면 그가 그토록 숨기고 싶어하던 그 검은 욕망을 드러내야 할지도 모른다.

"만약 그 아이가 잘못되었다면… 내 무슨 수를 써서라도 반드시 갚아준다. 열 배가 아닌 백 배, 천 배로."

$$*　　　　　*　　　　　*$$

"존성대명이 조비영이라 하셨지. 꼭 이래야만 하겠소?"

법륜은 여전히 이해할 수 없다는 얼굴로 조비영에게 물었다.

조비영은 그런 법륜의 물음에 고개를 끄덕였다.

"나는 스승님께 마인을 잡아 오라는 명을 받았지. 헌데 그것은 이미 누가 해결해 버렸으니 이대로 돌아간다면 천하의 금의위가 손가락만 빤 꼴이 아닌가."

"채면을 생각하시는 게요?"

조비영이 고개를 저었다.

"그것뿐만이 아닐세. 자네, 저 마인을 넘겨줄 생각이 없겠지?"

"그렇소."

법륜이 무거운 얼굴로 고개를 끄덕이자 조비영이 그럴 줄 알았다는 듯 어깨를 으쓱거렸다.

어찌 놓아줄 수 있을까. 법륜은 자신이 청해에서 구양선의 숨통을 제대로 끊어놓지 못했기에 이런 사달이 발생했다고 생각했다.

그것은 일종의 죄책감이었다.

나 때문에 죽지 않아도 될 사람들이 죽었다. 나 때문에 조용한 삶을 보내던 사람이 납치되고 그 생사조차 장담할 수 없게 됐다.

그래서는 안 되었다. 비록 소림에서 파문당한 파계승이 되었지만 마음만큼은 언제나 불법을 따르고 있는 바.

법륜은 비록 승려로서 행할 수 없는 악업을 쌓아가고는 있지만 그것은 필요악이라 생각했다.

"역시. 나는 스승으로부터 저자의 신병을 인도받아 오라는 명을 받았다. 헌데 그 신병을 가진 자가 기어코 그를 죽이겠다고 나서니 어쩔 수 없지 않은가."

싸워서 빼앗아 가는 수밖에.

법륜은 조비영이 뒷말을 잇지 않아도 그가 무슨 대답을 할지 알 수 있었다.

그는 황실의 명을 받드는 자. 황실의 지엄한 명령은 권력의 중추에 다가설수록 더 강력하게 작용하는 법이다. 황제의 얼굴 한번 본 적 없는 민초보다 매일같이 황제와 얼굴을 맞대야 하는 신료들의 두려움이 더 큰 것은 자명한 일.

저기 서 있는 젊은 남자도 그 범주에서 벗어나지 못하리라.

"그래도 할 수 없는 일. 정 이자를 넘겨받고 싶다면 나를 넘어서야 할 거요."

법륜은 구양선의 곁에 서 있는 이설영에게 포권을 취했다.

"이 시주, 잠시 이자를 부탁해도 되겠습니까?"

이설영은 법륜의 깊은 눈을 마주하자 묘한 감정에 휩싸였다.

오늘 처음 만난 자가 해오는 부탁을 쉽게 거절할 수 없는 까닭이다.

법륜의 눈빛에서 당신을 믿는다는 강력한 기색이 보이자 그가 조금 전까지 자신에 대한 오해로 핍박하던 자라는 생각은 저만치 달아났다.

"좋아요. 당신의 부탁, 들어드릴게요."

"이거 곤란하군."

조비영이 양손에 든 반검(半劍)을 제자리에서 휘돌렸다.

상당히 곤란한 일이다. 황실에서 금룡수사(禽龍手死)라 불리는 자신도 쉽게 승부를 장담할 수 없는 자가 눈앞에 천야차라 불리는 남자다. 거기에 뒤에 서 있는 여인도 결코 자신의 아래로 보이지 않았다. 황실 내 금의위에서 그의 재능에 대해 온갖 떠받듦과 찬사를 받아오던 조비영으로서는 현재 이 상황이 어색하기만 했다. 게다가 그의 스승은 황실에서 가장 강력하다는 황실팔수(皇室八手) 중 하나가 아닌가.

"금의위는 명을 받들라. 지금부터 마인의 신병을 탈환한다. 나는 저기 천야차를 상대할 테니 나머지는 구양선을 확보하라. 사정이 여의치 않다면… 죽여도 좋다."

아홉 명의 사내가 동시에 대답했다.

"명을 받들겠습니다."

금의위는 곧장 이설영과 구양선을 포위했다. 법륜은 그 광경을 보면서 조비영에게 문득 궁금증이 생겼다.

"그를 데려가 무엇을 하려고 하시오?"

조비영은 쌍수반검을 법륜에게 겨누었다.

"그것이 중요한가? 저자는 대명의 백성을 해쳤다. 그것도 수십 명이나. 그런 자에게 적용되는 대명률은 하나뿐이다. 사형."

법륜이 고개를 끄덕였다.

"결국 목적은 같군. 나도 저자가 죽기를 원하지. 허나 나는 내 손으로 저자의 숨통을 끊고 싶은 것이오. 그런데도 우리가 싸워야 하오?"

"그래서다. 강호인들은 항상 이게 문제다. 대명률이 이 세상을 밝히고 있음에도 자신들의 뜻이 먼저지. 나는 가끔 의문이 들 때가 있다. 너희가 진정 이 나라의 백성이라면 어째서 너희들의 뜻을 황실의 뜻보다 우선하느냐?"

조비영의 일갈에 법륜은 난감한 얼굴을 했다.

전혀 생각해 본 적 없는 문제였다. 비록 자신이 이 나라에서 살아가는 한 명의 백성이라지만 황실이라는 이름과 엮일 만한 사람이 얼마나 되겠는가.

"잡설이 길었군. 그쪽에서 오지 않는다면 내가 먼저 가겠다."

조비영이 결연한 얼굴로 쌍수반검에 힘을 주었다.

그의 쌍검술은 극쾌를 추구했다. 그의 스승인 황금포쾌 마운철은 장공(掌功)과 포승술, 경공술로 크게 이름을 떨쳤으나 포쾌질에 관심이 없던 조비영은 오로지 그의 진기만을 이었다.

마운철의 진기를 바탕으로 황실의 수많은 검법을 섭렵한 조비영은 자신만의 절기를 만들어내니 그것이 바로 금룡상장검(禽龍喪杖劍)이었다.

조비영은 쌍수반검을 쥔 채 법륜에게 달려들었다.

법륜은 난감했다.

무작정 부딪치자니 황실의 인물과 껄끄러운 관계가 될까 걱정이 앞섰다.

황실과 좋지 않은 관계를 맺으면 앞으로의 여정이 상당히 고달파질 가능성이 높았다.

'언제부터 내가 그런 생각을 했다고. 지금은 눈앞의 일을 처리하는 게 먼저지.'

법륜은 달려오는 조비영을 향해 쌍장을 내뻗었다.

조비영의 무기는 기병(奇兵)이다.

강호에 나와서도 병기를 사용하는 자와 제대로 붙어본 적이 별로 없었다.

굳이 꼽자면 화륜대주 홍균 정도일까. 하나 홍균과의 무공 격차가 점점 벌어지면서 병장기를 상대하는 경험을 제대로 할 수 없었다.

'일단 거리를 좁혀야 해.'

법륜은 제마장의 초식을 내뿜으면서 사선으로 조비영의 품을 파고들었다.

품속으로 파고들어 검을 내칠 간격을 주지 않는다면 생각보다 쉽게 제압할 수 있을 것 같았다. 하나 조비영은 그처럼 쉬운 상대가 아니었다.

조비영은 법륜이 장력을 뿌리고 파고들자 왼손에 든 반검을 빙글 돌려 역수로 고쳐 잡았다.

그리고 오른손에 든 검과 교차해 십자 형태로 만든 뒤 힘껏 내리그었다.

십자 모양의 검기가 법륜의 장력을 조각냈다.

그러곤 곧장 역수검을 제대로 쥐고 파고드는 법륜을 향해 내찔렀다.

법륜은 조비영의 기민한 대응에 그의 품으로 파고드는 것을 멈췄다.

대신 몸을 한 바퀴 회전시키며 각법으로 그의 검을 내려쳤다.

카아앙 하는 소리와 함께 법륜의 발이 튕겨 나갔다.

수수한 모양의 검이라 대수롭지 않게 생각했는데 생각보다 단단했다.

그렇다면 둘 중 하나다. 저 검이 겉보기와 다르게 신병이거나 그만큼 조비영의 내력이 단단하게 뭉쳐 검을 보호하고 있거나.

'둘 다이겠군.'

법륜은 둘 다라고 생각했다.

금의위씩이나 돼서 고철 덩어리를 들고 다니진 않을 테니까.

게다가 그의 무위 또한 생각한 것 이상으로 강력했다. 그 스승에 그 제자라더니 그 말이 딱 맞았다.

법륜은 계속해서 움직였다.

잠시 생각하는 도중에도 조비영의 쌍검이 계속해서 그의

틈을 노리고 날아오고 있었기 때문이다. 조비영의 검은 확실히 빨랐다.

지금까지 법륜이 상대해 온 어떤 자보다 빠른 것 같았다. 굳이 비교할 대상을 찾자면 기련마신 정도일까.

'허나 너무 빨라서 위력이 부족해. 그것을 신병으로 보완하고 있긴 하지만……'

법륜은 금강령주를 최고조로 일깨웠다.

무공을 회복하고 단 한 번도 극성으로 힘을 뽑아낸 적이 없다.

하지만 이 정도의 무인이라면, 마신이라 불리는 남자와 비견되는 속도를 발하는 남자라면 그 힘을 충분히 상대해 봄 직했다.

금강령주가 완전히 깨어나자 법륜의 몸에서 자연스럽게 불광이 비치기 시작했다.

굳이 의도적으로 호신기를 꺼내지 않아도 자연스럽게 몸을 감싸고 보호한다. 불광벽파의 호신기가 무적의 방벽을 구사했다.

법륜은 자신을 둘러싼 불광을 보며 조비영이 무슨 수를 쓰든지 막아낼 수 있을 것이라 자신했다. 그만큼 막강한 진기가 그의 몸에서 넘실대며 뻗어 나왔다.

"스승님의 말씀이 맞았군. 이건 완전 괴물이다."

조비영이 달려드는 법륜을 바라보며 중얼거렸다. 하나 그쪽이 괴물이라면 이쪽도 다 수가 있다. 자신이 괜히 금의위의 기린아라 불리는 것이 아니다. 조비영은 달려드는 법륜을 피해 뒤쪽으로 홀쩍 물러섰다.

그러곤 쌍수반검을 한데 겹쳐 일자로 내뻗었다. 양검극에 금빛 진기가 너울거렸다.

넘쳐흐르는 진기가 둥그렇게 말렸다.

격한 움직임 속에서도 땀 한 방울 흘리지 않던 조비영의 얼굴에 식은땀이 가득했다.

"후우."

조비영은 법륜의 다가오는 속도에 맞추어 최대한 진기를 쥐어 짜내 뭉쳤다.

둥그렇게 말린 강기가 제자리에서 웅웅거리며 회전하기 시작했다.

"금검포신탄(金劍砲身彈)이다. 이것마저 막으면 당신 마음대로 해. 허나 쉽지는 않을 거야."

조비영이 말을 마치자마자 검극에 모여든 강기가 폭사하며 쏘아졌다.

그 모습이 마치 화포 두 대를 나란히 붙여놓고 동시에 심지에 불을 붙인 것 같았다.

초식명이 금검포신탄이라더니 정말 포탄을 쏘아내는 모양

새다.

법륜은 조비영이 쏘아낸 강기의 포탄에 담긴 힘을 여실히 느꼈다.

이쪽이 무적의 방패를 가지고 있다면 저쪽은 무엇이든 박살 내는 대포를 가지고 있었다.

비록 불광벽파가 단번에 뚫리지는 않겠지만 자칫 방심했다간 삽시간에 밀릴 수도 있었다.

"과연 금의위의 무력은 명불허전이오! 허나 그쪽이 그렇게 나온다면 나 역시 맞상대해 주겠소!"

법륜이 불광벽파의 기운을 단숨에 좁혔다.

넘실거리며 법륜의 반경 일 장을 뒤덮은 불광이 순식간에 줄어들었다.

대신 법륜의 양 손끝에도 막대한 기운이 서리기 시작했다. 십지관천의 마관포다.

저쪽이 포탄을 쏘아내면 이쪽도 똑같이 대응해 준다.

법륜은 조비영의 움직임을 떠올렸다.

그는 검극의 끝에 막대한 양의 기운을 밀집시켜 억지로 강환을 만들었다. 강환이란 강기를 압축하고 또 압축해 구슬 형태로 만드는 것. 법륜은 그 모습을 보며 자신 또한 가능하리라 생각했다.

불광으로 물든 법륜의 양 손끝에서 두 개의 구슬이 만들어지기 시작했다.

그 모습이 조비영이 진기를 억지로 쥐어 짜내 만들어낸 강환과는 비교가 됐다. 훨씬 더 자연스러웠다.

'그래도 두 개는 아직 좀 힘들구나.'

금강령주가 피를 토하듯 진기를 뱉어냈다. 진기가 조금씩 끊기는 것으로 보아 두 개의 강환을 만들어내는 것은 그로서도 아직 부족한 일인 것 같았다.

'이제 다 왔다. 조금만 더.'

법륜이 마관포를 준비하는 시간이 생각보다 길어서일까. 법륜의 예상과는 달리 조비영이 쏘아낸 금검포신탄은 생각보다 빨리 다가왔다. 금검의 강환이 법륜의 일 장 앞까지 다가왔을 때 법륜의 마관포가 완성됐다.

법륜은 진기를 쥐어 짜내 뒤로 한 걸음 물러섰다.

폭발의 여파에서 벗어나려면 너무 가까이 붙어 있어선 안 됐다.

하나 강환을 유지하면서 움직이려니 그렇게 고역일 수 없었다.

마침내 법륜의 쌍수마관포가 쏘아져 조비영의 강환과 부딪쳤다.

지이이잉!

귀가 먹먹했다.

소리가 사라졌다.

대기가 흐름을 멈춘 듯 고요했다.

장내에 있던 모든 사람이 그렇게 생각했다.

조비영은 눈을 크게 떴다. 이건 너무 위험했다. 잘못했다간 자신은 물론이고 금의위, 구금해 이송해야 할 죄인까지 죄다 휘말릴 판이다.

"피해!!"

조비영이 크게 외치고 재빠르게 물러나자 금의위들도 순식간에 물러났다. 이설영은 뒤편에 쓰러진 구양선의 뒷덜미를 낚아채 순식간에 멀리 떨어진 나무 위로 올라섰다. 법륜은 불광벽파를 최대한으로 전개하면서 이설영이 올라선 나무 아래에 섰다.

그리고 그 순간.

바아아아아아앙!

포신탄과 마관포가 부딪친 곳에서 이상한 소음이 들리더니 주변을 집어삼키기 시작했다. 제일 먼저 땅이 갈려 나갔다. 흙바닥이 둥그렇게 파이기 시작하면서 그 범위를 점차 넓혀갔다.

다음은 주변에 있던 사물들이 부서져 나갔다. 나무가 뽑히는가 싶더니 그대로 가루가 되어 사라졌다. 집채만 한 바위가 허공을 날다 자갈이 되어 흩어졌다.

퍼어어어엉!!

돌가루가 비산하며 금의위를 덮었다.

조비영은 튀어 오르는 파편을 일일이 쌍수반검으로 쳐내며 금의위 위사들을 보호했다. 법륜과 이설영은 조금 나은 편이었다.

법륜의 불광벽파에 막혀 자갈이 덮쳐오는 즉시 가루가 되어 소멸했으니.

정적이 흘렀다.

"이게 사람의 무공인가······."

금의위 위사의 말 그대로였다.

구양선을 붙잡고 있던 이설영 또한 그렇게 생각했으니까. 저건 인간의 무공 범주를 이미 벗어났다.

그녀의 무공은 분명 빠르고 강력했다. 하나 방금 전 법륜이 보여준 것처럼 막강한 파괴력을 보이라 하면 고개를 흔들 것이다. 그만큼 법륜의 무공은 충격적이었다.

"커억! 퉤!"

조비영은 끓어오르는 피가래를 뱉어냈다. 무리하게 내력을 쏟아내다 보니 진기의 흐름이 턱하고 막혀 혈맥을 긁어 상처가 난 탓이다. 조비영은 피가래를 뱉은 후 법륜을 주시했다.

법륜은 나무 아래에 여전히 은은한 불광을 뿌리며 서 있었다. 단번에 우위가 드러났다. 그 또한 아직 싸울 여력이 남아 있기는 했지만 확실히 열세를 느끼고 있었다. 조비영은 천천히 앞으로 걸어나갔다.

"확실히 대단하다. 천야차의 명호가 천하를 한차례 울렸으나 그저 소문이라 생각했거늘 오히려 소문이 진짜만 못하다. 더 해봐야 의미가 없겠어."

"소문이라… 어떤 소문을 들으셨소?"

조비영은 쌍수반검을 천천히 검집에 집어넣었다.

"사특하고 무공에 미쳐 마공에 손을 댄 자라는 소문을 들었지. 헌데……."

"소문과는 다르다?"

조비영이 고개를 끄덕였다.

"뭐, 원체 그런 소문은 잘 믿지도 않지만. 게다가 소림 출신의 승려가 그런 마인이 되리라 생각해 본 적은 없었지. 당신이 이겼다, 천야차. 저자를 꼭 죽여야 한다면 죽인 다음 시체라도 넘겨라."

법륜은 조비영의 말에 구양선을 돌아봤다.

구양선은 방금 전 폭발의 여파 때문인지 정신을 잃은 듯 보였다.

법륜이 바라보니 조금 안타까운 마음도 들었다. 서로를 죽여야만 살아남을 수 있는 운명이라니.

"아직 죽일 수가 없소."

조비영은 법륜의 회한 짙은 말에 의문을 표했다.

"이유가 무엇이오?"

법륜은 조비영에게 마의에 관한 일을 밝혀야 하는지 확신이 서질 않았다.

마의는 강호의 공적으로 낙인찍힌 존재, 그가 아무리 황실의 명을 받드는 존재라도 마의의 낙인을 용인해 줄지 모를 일이다.

"저자에게 확인할 것이 있소."

법륜은 내심 결정을 내렸다.

이자에게 맡겨본다. 황실의 인물이지만 맺고 끊음에 군더더기가 없다. 이런 자는 자신이 한 말은 반드시 지킨다. 그에게 한 가지 약조를 받는다면 구양선을 넘겨줄 의향도 충분히 있었다.

"확인할 것이라……. 상당히 중요한 모양이지? 얼마나 기다려 주면 되겠나?"

조비영은 깔끔하게 물러섰다.

법륜은 그 모습을 보고 조비영에게 구양선을 넘기고 가염운의 행방을 찾기로 마음먹었다.

법륜은 뒤에서 지켜보고 있는 이설영이 눈치채지 못하게 은밀하게 입술을 달싹였다.

조비영은 뒤를 돌아 금의위를 돌아보고 있었다.

[조 시주.]

조비영은 갑작스러운 법륜의 전음에 흠칫 놀랐다.

하나 황실에서 온갖 치졸하고 더러운 수를 경험해 본 조비영은 전혀 당황한 기색이 없었다.

그는 지금 이 상황에서 천야차가 은밀하게 전음을 보낸 이유가 무엇인지 궁금했다.

[말하시오. 듣고 있으니.]

법륜은 차분히 응답해 오는 조비영을 보고 얼굴에 이채가 서렸다. 확실히 이 남자라면 믿고 맡길 수 있을 것 같았다.

[내가 원하는 것이 하나 있소. 그것을 들어준다면 이자를 넘기지. 목숨까지 붙여서.]

[말하시오.]

[구양선이 빼돌린 자가 있소. 마의 가엾은 선배가 그분이오.]

[마의? 인체 실험으로 공적으로 낙인찍힌 그자 말이오?]

법륜이 고개를 끄덕였다.

조비영이 등을 돌리고 있으니 그 모습이 보일 리 없을 테지만, 조비영은 법륜의 모습이 한눈에 들어오는 듯했다.

마의라……

공적으로 몰린 그자가 아직까지 살아 있어 감숙 땅에 존재하고 있었다니.

[그자가 확실하오? 마의 가염운?]

[그렇소. 그분의 행방을 찾아주시오. 그 대가로 구양선을 넘기겠소. 어차피 형장의 이슬로 사라질 운명이라도 살 사람은 살아야 하지 않겠소.]

그 말에 조비영이 고개를 돌렸다.

무슨 인연인지……. 이렇게까지 마의의 행방을 찾으려 하는 법륜을 보니 보통 인연은 아닌 듯싶었다. 조비영이 눈을 가늘게 떴다.

[구명지은이오.]

조비영은 그제야 고개를 끄덕였다. 그렇다면 이해가 간다. 그토록 죽이고자 했던 자를 눈앞에 두고도 물러설 수 있는 결단력. 자신이라 해도 그런 선택을 쉽사리 할 수 없을 것 같았다.

강호인들은 목숨의 빚은 목숨으로 갚는다 했던가.

황실의 녹을 먹고 있지만 무공을 익혔으니 자신도 반쯤은 강호에 발을 걸친 무림인이 아니던가. 구명지은이라면 충분히 그런 오명을 감수할 만했다.

[어디까지를 원하시오?]

[전부. 그분의 신변에서부터 안전까지 보장해 주시오.]

[안전까지라… 내 선에서 결정할 문제는 아니오만 스승님이라면 무언가 수를 내주시겠지. 좋소. 그래서 어찌할 생각이오?]

[적당히 정리해 드리지.]

법륜이 이설영을 돌아봤다.

정확히는 그녀의 발 앞에 엎어져 있는 구양선을 바라봤다. 저자와의 연은 이제 여기서 끝인 게다. 만약 저자가 또다시 살아나 그의 눈앞에 선다면 그것은 그것대로 운명인 게다. 여기서 더는 지체할 시간이 없었다.

"이 시주."

법륜의 부름에 이설영이 눈을 가늘게 떴다.

한동안 조비영을 바라보며 가만히 서 있던 법륜이 무언가 결단을 내린 듯 그녀를 바라봤기 때문이다. 무엇일까, 그가 내린 결정이.

이설영은 어느 쪽이든 그것이 자신에게 좋은 선택이 아님을 본능적으로 알았다.

'이자를 넘기려는 것일까?'

"내가 이자의 목숨을 끊어도 개의치 않으시겠소? 분명 부모의 원수를 갚겠다고 했으니……."

이설영은 자신의 예상과는 다르게 법륜이 구양선의 목숨을 끊는다고 하자 약간 놀란 표정을 지었다. 황실의 금의위와 모종의 거래를 했다고 생각했는데 예상과는 다른 답이 나왔기 때문이다.

"물론이에요. 이자가 죽는다면 그것으로 제 부모에 대한 은은 충분히 갚는 것이 되겠지요. 저는 부모와의 정이 그리 깊지 않으니."

"좋소, 그렇다면 그자를 이 자리에서 죽이겠소."

"잠깐. 당신은 지금 조금 이상해요. 분명 이자에게 확인할 것이 있다 하지 않았던가요? 그것을 분명히 하세요."

이설영이 한 걸음 앞으로 나섰다.

"그렇지 않나요? 확인할 것이 있어 당장은 못 죽이겠다 하더니 갑자기 태도를 바꿨다? 누구라도 이상하게 생각할 거예요. 만약 이상한 술수를 쓴다면 제가 가만히 있지 않겠어요."

"그것은 중요한 문제가 아니오. 그렇소, 나는 저기 금의위와 거래를 했소. 내가 알고자 한 것을 금의위가 해결해 주기로 했지. 그렇다면 별문제가 되지 않는 일이지. 그렇기 때문이오. 저자를 지금 죽여도 되는 것은."

이설영은 법륜의 말에 약간의 의구심이 들었지만 수긍할 수밖에 없었다.

마인에게 무슨 볼일이 있는지는 모르겠지만 당사자가 저렇게 말한다면 자신이 끼어들 여지는 없으리라. 게다가 더는 끼어들 명분도, 얻을 실리도 없었다.

실례로 타인의 연에 깊게 관여해서 좋은 꼴을 본 자는 몇 없으니까.

"좋아요. 그렇게까지 말한다면야. 하지만 조건이 있어요."

"조건이라……. 무엇이오?"

이설영은 구양선을 내려다봤다.

"제 눈앞에서 이자의 목숨을 끊으세요."

법륜은 그 말에 무겁게 고개를 끄덕였다.

"그것이 조건이라면."

법륜은 망설임 없이 구양선의 앞으로 다가섰다.

조비영과의 약속은 지켜져야 한다. 만약 자신이 구양선을 죽여서 넘긴다면 후일 마의의 처분에 관해 어떤 선택을 할지 모른다. 동시에 눈앞에서 눈을 치켜뜨고 있는 이설영을 속여야만 한다.

'그렇다면…….'

다시 한번 구양선이 가진 마공에 걸어보는 수밖에 없었다.

마공 따위에 명운을 걸기에 적절한 시기는 아니었지만 지금으로선 달리 방법이 없었다. 법륜이 생각한 방법, 그것은 남환신공이었다.

이제는 천고의 마공으로 바뀐 남환신마공이 다시 한번 그의 명을 붙들어주기를 바랐다.

법륜은 구양선의 장심에 손을 가져다 댔다.

금강령주가 올올이 풀려나오면서 손끝에 진력이 서리기 시작했다.

법륜은 이번이 그와의 마지막 만남이었으면 했다. 참으로 지독한 악연이다.

"이것으로 끝내자."

법륜의 일격이 구양선의 심맥으로 파고들었다.

법륜은 심맥으로 파고드는 내력을 조절해 심장으로 몰아넣었다.

손에서 느껴지는 내력의 양을 증폭시키고 몸속으로 집어넣는 양은 줄였다.

그러곤 생명에 지장을 주지 않는 모든 혈맥을 돌아다니며 내부를 파괴하기 시작했다.

구양선이 정신을 잃고 쓰러져 있지만 그의 진기는 아직 살아 있었다.

곧장 남환신마기가 법륜의 진기를 쫓기 시작했다.

'됐다.'

법륜은 내력을 집중해 심장으로 모았다.

저번과 같이 심장에 내력을 폭사시키면 남환신마공이 어떻게든 버텨내리라.

구양선에 심장에 내력을 밀어 넣자 정신을 잃은 구양선이 토혈을 했다.

심맥을 모두 끊어놨으니 자신처럼 기연이 없지 않은 이상 무공을 회복할 수는 없으리라.

거기에다 그런 기연 따위를 손에 쥐게 해줄 금의위도 아니지 않은가.

남환신마기가 법륜의 내력을 감싸 심장에 두꺼운 벽을 만들어냈다. 이걸로 됐다. 법륜은 그렇게 생각했다. 이자는 살 것이다.

"심맥을 모두 끊었소. 심장도 멎었으니 원한다면 확인해도 좋소."

"그런 것 같네요."

이설영이 고개를 끄덕였다.

특별한 내상이 없는데도 검붉은 피를 뿜어낸다? 그것은 달리 말해 혈맥에 손상을 입었다는 뜻과 같다. 게다가 뿜어져 나오는 토혈과 멎어버린 심장이 구양선의 죽음에 확신을 더했다.

[이봐, 약속이 다른데?]

조비영은 멀찍이서 그 광경을 바라보곤 입맛을 다셨다.

기실 구양선의 목숨은 그리 중요한 것이 아니었다. 중요한 것은 황실의 체면이었다. 황실이 자랑하는 황금포쾌까지 나섰으니 '이자가 범인이오'라고 외치려면 그의 명줄이라도 붙들고 있어야 했다.

그래서 법륜의 요구에 응한 것인데 법륜이 그의 숨을 끊어버렸다.

[걱정하지 마시오. 아직 살아 있으니. 심장에 마기가 고여

있소. 심맥은 모두 끊었으니 무공은 사용하지 못하겠지만 명줄은 분명히 붙어 있으니.]

조비영은 아주 작게 고개를 끄덕였다.

[좋아, 확인만 된다면 자네와의 약속은 이 조비영의 이름을 걸고 반드시 지킨다.]

법륜도 조비영만 알아볼 수 있도록 작게 고개를 끄덕여 답했다.

"조 시주, 이자를 데려가시오. 이자가 필요하다지 않았소? 원은 모두 갚았으니 시체는 필요 없소."

조비영은 금의위에게 명을 내렸다.

"금의위는 저자의 시신을 들고 복귀하라. 그리고 천야차, 다음에는 이렇게 안 끝낸다. 그때 다시 한번 붙어보자."

동이 터오고 있었다.

조비영은 금의위와 함께 산을 내려갔다. 법륜은 그 모습을 멀찍이서 바라봤다. 급작스러운 만남이었지만 그리 나쁜 기분은 아니었다. 그는 호협한 사내였고, 법륜에게 충분한 호감을 샀다.

마의와의 일을 타인의 손에 맡기기에 조금 찜찜한 기분이 들기는 했지만 그라면 믿을 수 있을 것 같았다.

"당신은 이제 어떻게 할 건가요?"

법륜의 옆에서 조비영이 구양선의 시신을 들고 내려가는 모습을 함께 지켜보던 이설영이 묻자 법륜은 물끄러미 그녀를 바라봤다.

이제 그녀와의 만남도 여기까지이다. 지금부터는 정신없이 달려야 할 시간이다.

아직 해결하지 못한 일이 산더미다.

"사숙이 산 아래에 있소. 그분을 만난 뒤 이곳을 떠나겠지. 이 시주는?"

"저도 곡으로 돌아가요. 헌데 당신은 웃기는 사람인 것 같군요. 아까는 경황이 없어 몰랐는데 비록 비슷한 연배라도 말을 그렇게 함부로 놓다니, 소림의 제자라고 하기엔 참 기이해요."

법륜은 그녀의 말에 속으로 웃었다.

파격적이라.

그토록 파격을 원했는데 그 끝이 이런 결과일 줄은 스스로도 몰랐다.

법륜은 내친걸음이라 생각했다. 그가 사문에서 파문을 당한 것도 소림이 그를 보호하기 위해서가 아닌가.

강호에 이 정도 파문을 일으킨 대가치고는 참으로 싸다고 생각했다.

기실 그가 일으킨 소란이라면 항마동에 잡아 가둬도 이상하지 않은 일이기 때문이다.

"그도 그렇군. 그리 생각했다면 실례했소. 사죄하지. 우리는 여기서 이만 갈라지지요."

"좋아요. 언젠가 인연이 닿는다면 또 만날 일이 있겠지요. 그때를 기약하기로 해요."

"기약이라……. 재미있는 말이로군. 뭐, 좋소. 그리하지요. 그럼."

법륜은 이설영에게 포권을 취해 보이곤 빠르게 산을 내려갔다.

그녀 또한 재미있는 인물임에 틀림없었다. 여인의 몸으로 강력한 무공을 쌓았고, 자신의 뜻을 관철시킬 수 있는 강단이 있다.

웬만한 사내보다 훨씬 뛰어나 보였다.

"소림이라……. 언젠가 가볼 일이 있을까?"

이설영의 작은 속삭임만이 산중에 메아리처럼 떠돌았다.

*　　　　*　　　　*

법륜은 산을 내려와 여림산을 찾았다.

그는 하오문 지부에 있었다.

시시각각 들어오는 정보를 확인하고 여론을 바꾸는 데 그만큼 좋은 곳이 없기 때문이다. 여립산은 하오문의 향주 장소평의 일 처리를 지켜봤다. 처음에 본 어리숙한 모습과는 달리 그는 유능했다.

그는 기루에 은밀하게 한 가지 소문을 흘렸다.

이번에 벌어진 학살은 섬서 구양세가의 마인 구양선이 저지른 일이다.

천야차와 독안도는 그의 계략에 빠져 모함을 당하고 있다. 그래서 그 둘이 황금포쾌 마운철 대인과 함께 일을 해결하기 위해 나섰다.

소문은 빨랐다.

한밤중임에도 기루에서 술을 기울이는 사람들이 많았고, 밤 늦게까지 술을 기울인 사람들의 정신은 그 소문의 진위를 확인하기에 너무 흐트러져 있었다. 그리고 장소평의 계획은 적중했다.

날이 밝아오기 시작하자 간밤의 일들이 거리를 휩쓸었다. 장소평은 그 모습을 보고 법륜을 떠올렸다. 이제 그가 구양선만 잡아온다면 모든 일이 해결된다. 그리 된다면 하오문은 두 가지를 얻게 된다.

첫째는 황실과의 관계다.

황금포쾌 마운철은 황실로부터 이번 일의 해결을 명령받았다. 그가 직접 나서지는 않았지만 금의위의 실력자가 나섰으니 해결은 여반장일 것이다.

거기에 이번 일을 해결하는 데 망설이던 마운철을 설득했으니 일이 잘만 해결되면 마운철의 신임은 물론 황실의 신임도 얻을 수 있었다.

둘째는 천야차와 독안도다.

그들은 이번 일로 하오문과 장소평에게 빚을 졌다. 장소평이 원한다면 도의에 어긋나지 않는 한 무슨 부탁이라도 들어 줄 것이다. 게다가 그 둘은 소림의 제자.

소림이 그 둘을 파문했다 하지만 그 모양새가 그리 나쁘지 않았다.

맹주령의 동원에 소림만이 내사를 핑계로 맹주령에서 빠져나갔다.

눈치가 있는 자들이라면 충분히 알리라.

이번 소림의 행보는 제자를 보호하기 위한 것임을. 게다가 이번 일엔 맹주 검선에 대한 규탄도 포함되어 있을 것이 분명했다.

"이보게, 장 향주."

장소평은 생각에 잠겨 있다 여립산이 말을 건네자 정신이 퍼뜩 들었다.

홀로 있는 것도 아닌데 너무 깊이 생각에 잠겨 주의를 잊은 탓이다.

"예, 말씀하시지요."

"자네의 말대로 됐군. 저자의 민심이 돌아섰어. 어제는 나와 사질에 대한 혹평만 가득하더니 이제는 구양세가에 대한 규탄만 가득하군. 모든 것을 예상한 것인가?"

장소평은 고개를 저었다.

"어찌 모든 일에 그리 확신할 수 있겠습니까. 저는 다만 가능성이 높을 거란 예상을 했을 뿐이지요."

"가능성이라……. 그럼 이제 사질이 그 마인만 잡아내면 모든 일이 마무리되겠군."

"그렇겠지요. 천야차의 무위야 이미 널리 알려진 것이긴 하지만, 마인의 무공이 어떨지 몰라서 아직 모든 것을 확신하기엔 이릅니다."

여립산은 장소평의 말에 웃음을 터뜨렸다.

괴물 사질은 일 년 전에도 구양선을 압도했다. 압도라는 말도 아까울 정도로 구양선은 사질에게 처참하게 깨졌다. 게다가 지난 일 년, 잃었던 무공을 회복하면서 무력이 퇴보하기는커녕 한층 진일보했다.

이전에도 자신이 전력을 다해도 이겨낼 수 없을 것 같던 사질이다.

감히 구양선 따위가 넘볼 수 있는 상대가 아니었다.

"아니, 어찌 그리 웃으십니까? 이번 일은 중요합니다! 천야차가 그를 잡아내느냐, 그렇지 못하느냐에 따라 계획을 달리 세워야 한단 말입니다!"

장소평이 크게 웃는 여립산을 향해 외쳤다.

"자네는 하오문의 향주이면서 아무것도 모르는군."

"예?"

"사질 말일세. 구양선을 못 잡는다? 자네는 황금포쾌 마운철을 어떻게 생각하나? 그가 그 마인과 붙으면 어떨 것 같은가?"

"아니, 갑자기 그게 무슨 말입니까? 마 대인이……."

장소평은 여립산의 말에 문득 깨닫는 것이 있었다.

법륜은 지난밤 마운철과 맞섰다. 그러곤 한 치의 밀림도 없이 그의 무공을 견뎌냈다.

그 말인즉 법륜의 무공이 마운철과 비교해도 손색이 없다는 뜻이다.

구양선이 마운철과 붙는다면?

무려 황금포쾌이다.

황실이 자랑하는 팔수 중 제일이라 여겨지는 자. 황실과 하오문이 밀접한 관계를 맺고 있다 보니 장소평 또한 마운철의 무공을 잘 알고 있다.

그 결과는 어린아이라도 충분히 상상할 수 있었다.

"그 말은… 천야차의 무위가 황실의 팔수 이상이란 말입니까?"

여립산은 장소평의 말에 난색을 표했다.

황실의 팔수.

정확히 어떤 자들인지 알지 못하는 까닭이다. 하나 분명히 말해줄 수 있는 것이 있다.

"황금포쾌가 팔수 중 하나라면 팔수 둘, 셋은 있어야 사질을 제압할 수 있을 걸세."

"팔수가 셋이라……."

장소평은 머리가 어지러웠다.

처음 듣는 이야기다.

황실의 팔수는 무적이라 생각했는데 천야차의 무위가 그 이상이라니. 아니, 그를 제압하는 데 셋 이상이 필요하다면 그 이상을 넘어 절대라는 이름을 붙이기에 부족함이 없지 않은가.

"어쨌든 마인에 관한 것은 걱정하지 말게. 문제는……."

"다른 문제가 또 있습니까?"

여립산은 장소평의 물음에 답을 얼버무렸다.

마의에 관한 일은 극비이다.

이번 일에 큰 도움을 준 장소평이라도 쉽사리 발설하는 것은 안 될 일이었다. 장소평은 믿을 만한 자이지만 하오문은 쉽게 믿어서는 안 된다.

돈이라면 사족을 못 쓰는 자들.

하오문이 강호에서 천대받는 이유가 바로 그 때문이다.

"아닐세. 그 일은 사질이 오면 상의해 보고 결정하지. 잠시 기다리도록 하게."

"그런……."

장소평이 여립산의 말에 실망할 때 저 멀리서 걸어오는 일단의 무리가 보였다.

밝아오는 태양에 빛나는 모양새가 금의를 입은 것 같았다. 그들 중 하나가 사람을 업고 있고 나머지는 주변을 경계하고 있었다.

"금의위……!"

이는 여립산도 예상하지 못한 일이다.

천야차 법륜보다 금의위가 먼저 도착했다.

분명 사질이 앞설 것이라 생각했는데 예상과는 정반대의 결과가 나왔다.

"이거… 일이 잘못 돌아가는데."

여립산이 중얼거리며 허리춤에 걸린 백호도를 만지작거렸다. 그는 망설이고 있었다.

이러기도 저러기도 힘든 상황이다. 황금포쾌에게 도움을 청했으면서 그 수하들에게 손을 쓴다?

황실도 문제지만 강호에 소문이 나면 고개를 들고 다니지 못할 것이다. 소림의 파문이 정당했다는 평마저 떠돌 것이 자명했다.

그렇다고 저들을 그대로 보내자니 앞으로의 여정이 걱정되었다.

이번 일을 제대로 마무리하지 못하면 수많은 자들이 자신과 사질에게 따라붙을 것이다.

강호에서 무명을 쌓기에 악적을 처단하는 것보다 좋은 일이 있던가.

장소평은 도를 만지작거리는 여립산을 보았다.

잘못하면 피바람이 불 판이다.

이것은 천야차와 독안도에게도, 황실에도, 그리고 하오문에도 좋지 않았다.

"이보시오, 잠깐만 기다리시오. 이대로 싸우면 양쪽에 좋지 못하다는 것을 알지 않소. 내가 어찌 된 영문인지 먼저 알아보겠소."

여립산이 고개를 끄덕였다.

그로서도 황실과 부딪치는 것은 부담스러웠다. 장소평을 통해 어찌 된 영문인지 알면 조금은 마음이 놓일 것 같았다. 그 뒤의 일은 법륜이 오면 결정하면 될 터이니.

"좋소, 그리하시오."

장소평은 보무도 당당하게 대로를 활보하는 금의위에게 다가셨다.

'조 대주가……'

금의위의 실력자, 차기 진무사에 가장 가깝다는 조비영이다.

그런 그가 낭패한 꼴을 면치 못한 채 털레털레 걸음을 옮기고 있었다.

"조 대주, 이게 어찌 된 일이오?"

"아아, 상황이 조금 복잡해졌다. 여기서 떠들 만한 일은 아니니 일단 자리를 좀 옮기는 것이 좋겠다. 스승님은?"

"마 대인이라면……"

마운철은 아직 기루에 머물고 있었다.

그 자리에서 미동도 하지 않은 채 제자를 기다리고 있었다. 장소평이 마운철의 위치를 말하자 조비영은 고개를 끄덕였다. 그러다 조비영의 눈에 저 멀리서 도를 만지작거리고 있는 자가 눈에 들어왔다.

'저자는… 천야차의 사숙이라던 독안도……'

그가 여기에 서 있는 것이 이해가 되었다.

아마도 천야차를 기다리는 것이겠지. 조비영은 여립산을 향해 전음을 날렸다.

[거기 독안도, 그대에게도 할 말이 있으니 따라오시오. 장향주에게 전언을 남길 테니 사질은 걱정하지 말고.]

여립산은 갑작스러운 조비영의 전음에 얼떨떨한 기분이 들었다.

비록 멀리 떨어져 있었지만 그 역시 분명하게 들었다. 복잡한 상황이라 들었다.

게다가 장 향주에게 일러놓겠다니 도대체 그게 무슨 말이란 말인가.

[일단은 알겠소. 따라가지.]

여립산은 마음을 굳게 먹었다. 아직 무슨 일인지 모르니 섣불리 손을 쓸 수는 없지만 그에게서 적의가 느껴지지 않으니 일단은 따라가 보려는 것이다.

"장 향주, 그대는 여기서 기다리다 천야차가 오면 기루로 함께 오라. 그와도 할 말이 있으니."

장소평은 어찌 된 영문인지 모르겠다는 얼굴이다.

하나 조비영의 얼굴이 추상같아 감히 반문하지 못하고 고개를 끄덕였다.

"알겠습니다."

여립산은 조용히 조비영의 행렬에 끼어들었다. 그리고 뒤에 딱 붙어 등에 업힌 구양선을 주시했다.

확실히 숨이 끊어졌다. 구양선이 몸에 지닌 마기도 느껴지질 않았다.

그의 몸속에 느껴지는 것이라곤 오직 꿈틀거리는 잔력(殘

力)뿐이었다.

'금기? 금강령주! 사질이다. 사질이 먼저 만났군. 사질의 손
에 죽었어. 한데 도대체 왜 금의위가……'

일행은 곧 기루에 도달했다.

마운철은 뜬눈으로 제자 조비영을 기다리고 있었다. 어느
새 차갑게 식은 주안상만이 그가 자리를 지키며 노심초사했
음을 보여주고 있었다.

"제자 비영, 스승님을 뵙습니다."

조비영은 낭패한 몰골로 스승 마운철을 맞았다.

마운철은 그런 제자의 모습에 눈썹을 꿈틀거렸다. 무공만
큼은 어디에 내놔도 손색이 없을 제자였다.

그런 제자의 낭패한 모습은 마운철로서 납득하기 힘든 일
이 분명했다.

"고하라."

"천야차 법륜의 말이 맞았습니다. 마인은 구양세가의 이공
자 구양선이 확실합니다."

"그 말은 곧 마인이 죽었다는 말인가?"

"그것은……"

조비영은 스승의 눈치를 살폈다.

황실의 명을 우선하기에 스승과 한마디 상의도 없이 구양

선을 인계받았다. 그는 황실의 명령은 확실히 수행했지만 하나의 짐을 더 떠맡게 되었다. 그것을 스승이 용납해 줄지 의문이었다.

"마인은… 살아 있습니다. 육신이 죽었다면 진기가 살아서 스스로 심장을 보호할 리 없으니 말입니다."

"살아 있다……. 좋군. 임무는 차질 없이 완수한 셈이다. 잘했다."

마운철은 조비영의 말에 흡족한 표정을 지었다. 하나 이어지는 조비영의 말에 얼굴을 와락 구기고 말았다.

"마인 구양선은 제가 잡은 것이 아닙니다. 천야차 법륜이 잡았습니다. 저는 그를 인계받는 조건으로 한 가지 약속을 했습니다."

마운철의 눈썹이 꿈틀거렸다.

"약속이라……. 그것이 무엇이냐?"

조비영은 여립산을 돌아봤다. 이제부터는 그도 포함된 영역이다.

"구양선이 한 사람을 납치했다고 하더군요. 그의 이름은 가염운. 한때 인체 실험으로 강호의 공적으로 낙인찍힌 자입니다. 그를 구해주는 조건이 약속이었습니다."

해야 할 말이 있다더니 이것이었는가.

마의 가염운에 대한 이야기는 여립산으로서도 예상외였다.

사질이 그분에 대한 처분을 금의위에 맡겼다니, 언제나 사려 깊던 사질이다. 그가 그런 결정을 했을 때는 충분한 이유가 있으리라 생각하면서도 은혜를 가볍게 여겼다는 생각을 지울 수 없었다.

"마의라……. 들어본 적이 있지. 삼십 년쯤 전인 것 같군. 그자가 아직 살아 있었나? 헌데 천야차가 그를 두둔하는 이유는 뭐지?"

마운철은 여립산을 노려봤다.

관계상 사질인 천야차가 마의와 연관이 있다면 그 역시 혐의를 피해가긴 어려웠다. 소림의 제자와 강호 공적의 인연이라…….

"어디까지 약속했지?"

조비영이 고개를 더 깊이 숙였다.

"그의 신변에 대한 수색과 보호까지 약속했습니다."

여립산은 그 말에 고개를 끄덕였다.

조금 전까지 사질을 의심한 자신이 한심하게 느껴졌다. 여립산은 조비영의 말에서 법륜의 고심을 읽었다. 구양선을 산 채로 넘기고 실리를 취한다.

명분과 의협을 중시하는 소림의 제자로서는 가히 하기 어려운 생각이다.

그 선택을 하기까지 사질이 얼마나 괴로웠을지 짐작이 갔다.

"좋다, 약속을 했다니 어쩔 수 없군."

마운철은 의외로 쉽게 조비영의 청을 들어줬다. 하지만 거기에는 조건이 있었다.

"단, 거기 있는 독안도가 내 질문에 성실히 답해줬을 때 그 청을 허하겠다."

"질문이라… 어디 해보시오."

여립산은 기개 좋게 답했다.

법륜은 답을 줬다. 지금은 명분을 버리고 실리를 취할 때라고. 하나 여립산은 그 명분이야말로 최고의 실리이자 무기라고 생각했다.

"마의 가염운이 공적이 된 이유, 알고 있겠지?"

"물론이오. 그것이 중요하오?"

"아니. 황실의 입장에서 그런 것 따위는 중요하지 않지. 결과가 중요할 뿐이야. 그는 강호의 공적. 그 말인즉 수많은 사람들을 해쳐왔다는 것이 된다. 중요한 것은 어째서 소림의 제자이던 자들이 강호의 공적을 보호하는 게지?"

"그는 무분별하게 인명을 살상하지 않았소이다. 그것은 내가 보증하지."

"그대의 보증 따위, 누가 알아주기나 한다던가. 그리고 그대가 그렇게 말해봐야 세인들은 그 말을 믿지 않아. 오히려 당신도 한패로 몰릴 테지. 이제 소림이라는 방벽도 사라졌으니."

여립산은 마운철의 단호한 말에 할 말을 잃었다.

마운철의 말이 맞았다.

마의 가염운이 공적으로 몰린 이유가 모함이라 해도 그것을 증명해 줄 이는 이제 아무도 없다. 오히려 강호의 공적을 두둔한다며 악인으로 몰릴 것이다.

"그것은……."

"그 말에 책임질 수 있겠습니까, 사숙?"

여립산이 대답을 망설일 때, 법륜과 장소평이 기루의 별실로 들어섰다.

법륜의 모습은 조비영의 몰골과 사뭇 대조적이었다. 생채기 하나 보이지 않는 모습에 마운철의 얼굴이 놀람으로 물들었다.

제자 조비영이 구양선과 부딪치지 않았다고 말했을 때, 그의 몰골을 보고 천야차와 부딪쳤으리라 생각한 마운철이다. 제자의 호승심을 누구보다 잘 아는 탓이다. 그저 무공이 좋다며 스승의 상징이나 다름없는 추적술과 포승술을 거절한 조비영이 아니던가.

"천야차… 그대가 이 마인을 잡은 뒤 내 제자와 거래를 했다지?"

"그렇소. 마의 그분의 신변을 보호해 달라고 부탁했지."

"왜 그랬지? 왜 정도의 명문 소림이 그를 보호하느냐 말이다."

법륜은 마운철의 질문에 당연하다는 듯 말했다.

"당연한 것을 묻는군. 구명지은이요. 그대의 제자가 이야기 하지 않았소?"

법륜은 말을 하며 조비영을 돌아봤다.

스승이자 책임자인 마운철에게 설명을 하지 않았느냐는 얼굴이다. 조비영은 법륜의 무언의 질문에 고개를 숙이고 말았다.

강호의 공적은 곧 민초의 적이기에 백성을 살펴야 하는 스승이 마의를 보호하는 것을 탐탁지 않아하는 것이 분명해 보였다.

하나 약속한 바는 반드시 지켜야 하는 것이 사내다.

조비영은 결연한 눈으로 스승을 올려봤다.

"제가 책임지겠습니다."

"네가?"

마운철은 평소 제자를 바라보던 따뜻한 눈이 아닌 무심한 눈으로 조비영을 노려보았다.

"네가 무엇을 할 수 있지? 너는 내가 명을 내리면 이대로 돌아서야 해. 그리고 내가 그것을 허한다고 해도 너 혼자서 무엇을 할 수 있지?"

혼자서 무엇을 할 수 있는가. 조비영은 자신이 지금껏 착각하고 있었다는 것을 깨달았다.

자신의 어깨에 올려진 힘은 자신의 것이 아니었다. 황실의 힘이다.

스승이 명령하면 금의위는 그대로 등을 돌릴 것이다.

"금의위직을 내려놓겠습니다. 그러면 저 혼자 발버둥이라도 쳐서 무엇이든 할 수 있겠지요. 스승님께서 허하지 않으신다면 그리하겠습니다."

마운철은 조비영의 말에 내심 흡족한 마음을 감출 수 없었다.

황실의 녹을 먹는다는 것은 수많은 유혹에 노출되는 것과 같다.

마의와 관련된 일도 그렇다.

나쁜 마음을 먹었다면 조비영은 마인 구양선의 신변도, 마의의 구금도 가능할 터.

그럼에도 조비영은 법륜과의 약속을 택했다.

자신의 모든 것이나 다름없는 지위와 이름을 걸고. 마운철은 제자의 선택이 기꺼웠다.

"좋다. 이번 약속은 네가 독단으로 처리한 것. 해결도 스스로 하는 것이 옳겠지. 금의위의 동원은 불허하겠다. 하지만 그대로 약속을 행하기엔 무리가 따르겠지. 장 향주의 도움은 막지 않겠다."

마운철이 명하자 조비영이 읍을 한 채 물러섰다.

이제부터는 황실과 강호의 영역이 아니었다. 야인 조비영과 강호의 영역이다. 조비영은 이렇게라도 약속을 지킬 수 있으니 마음이 놓였다.

법륜은 사제 간의 대화를 들으며 생각을 정리했다.

마의에 관한 일은 해결이 되었다.

조비영이란 남자는 은원의 맺고 끊음이 분명하고 자신이 한 말을 책임질 줄 아는 사내이다. 그라면 믿어도 될 것 같았다.

여립산은 법륜과 눈을 맞추었다. 짧은 순간이지만 수많은 생각과 마음이 교차했다.

이미 말을 하지 않아도 서로 무슨 생각을 하는지, 무슨 의도로 행동하는지 속속들이 아는 두 사람이다.

'이대로 괜찮겠나? 마인은 그대와 악연으로 얽혀 있다면서.'

'괜찮습니다. 훗날 또 이자를 만나게 된다면 그저 운명에 순응하면 되겠지요. 바꾸려 해봐도 바뀌지 않는다는 것이 있다는 것을 알았으니 되었습니다.'

'그래, 그건 그렇다 치고, 가 선배에 관한 것은 어찌 된 일인가?'

'그것이 최선입니다. 당가가 붙었습니다. 당가가 가 선배를 노릴 것이 분명하고, 우리는 당가와 부딪쳐야 합니다. 그런 상황에서 선배를 보호하며 싸우는 것은 하책 중의 하책이란 생

각이 들었습니다.'

'자네의 선택에는 한 가지 문제가 있네. 가 선배가 그 일을 원치 않는다고 하면 어찌할 텐가?'

'그래도 지금은 별다른 수가 없습니다. 아마 곧 당가에 소식이 전해지겠지요. 감숙과 사천이 지척이라고는 하나 세세한 정보를 받아 판단하기엔 상당한 거리입니다. 게다가 십수와 십독이 어찌 나올지 모르니 선배의 신변을 최대한 빨리 확보해야 합니다. 그러자면 황실의 힘은 절대적일 겁니다.'

'당가라… 그래, 그럴 수도 있겠지. 하지만 상대는 황실이야. 늑대를 피하려다 호랑이 아가리에 머리를 집어넣는 것일 수도 있네.'

'황실이라면 분명 그렇겠지요. 허나……'

법륜은 조비영을 바라봤다.

그가 하고자 하는 대답이 저기에 있었다.

"그렇군. 저자를 믿는 것이었어."

여립산은 자신도 모르게 답을 내고 말았다.

황실은 믿기 어렵다. 하나 조비영은 믿을 만하다. 사람 보는 눈은 정확한 사질이니 어련히 알아서 결정했을 터이다. 그제야 여립산은 어찌하여 법륜이 마의에 관한 보호를 황실에 부탁했는지 알 수 있었다.

"조 대주."

조비영은 법륜의 부름에 숙이고 있던 고개를 들었다.

법륜은 자신과는 다르게 내상도 외상도 없어 보였다. 무시무시한 무공을 구사하는 것과는 달리 성정도 폭급하지 않고 깊게 생각할 줄 알며 스스로를 조절할 줄도 안다. 그야말로 무인의 표상이라 할 만했다.

"말하시오."

"그분을 잘 부탁드리겠소. 그리고 구명지은을 받았음에도 이 몸이 끝까지 보호해 드리지 못한 점 사죄드린다고 전해주시오."

법륜은 할 말은 그것이 전부라는 듯 돌아섰다.

당가가 엮인 상황에서 이 이상 마의와의 관계를 이어간다면 양쪽에 좋지 않았다. 하나 법륜의 성정이 어디 계산대로만 움직이는 사람이던가.

법륜은 자신의 사정에 의해 전할 말은 전부 전했다. 이제는 다시 움직여야 할 시간이었다. 그에게 천운이 따르길 법륜은 기도했다.

*   *   *

사천당가가 뒤집어졌다.

당천호는 서신을 전달한 수하의 얼굴에 그 서신을 집어 던졌다.

서신이 나풀거리며 수하의 얼굴에 안착했다. 서신을 뒤집어 쓴 무인은 얼굴에 불쾌한 기색을 감추지 않았다. 무공에 재질이 떨어져 총관질이나 하는 가문의 직계를 인정할 무사는 세가 내에 아무도 없는 까닭이다.

당천호는 무사의 불쾌한 기색에 짜증을 감추지 않았다. 아니, 그것은 짜증이라 부르기에 적절치 않았다. 당천호는 불같은 분노가 머리끝까지 치솟아 제정신을 유지하기 힘든 지경이었다.

무려 독룡이 죽었다.

'그깟 후기지수 따위…….'

그렇다.

당천호에게 중요한 것은 총관으로서 세가 후기지수의 죽음이 안타까운 것이 아니었다. 독룡 당천후는 세가의 뛰어난 후기지수이기 이전에 자신의 동생이었다.

자신이 사지로 보낸 것이나 다름없었다.

그를 자신의 의지로 감숙 땅에 보냈다. 알량한 자만심으로 세가를 먹어치우겠다는 생각을 하고 있을 때, 피를 나눈 형제가 타지에서 쓸쓸하게 죽어갔다.

"흉수가 천야차와 독안도라고?"

"그렇습니다."

서신을 전달한 무사는 급히 고개를 숙이며 답했다.

천야차 법륜을 언급한 당천호의 음성에서 살 떨리는 소름을 느낀 탓이다. 비루한 재능으로 세가의 총관 일을 하면서 녹을 먹는다 생각했는데 눈앞에 보이는 광경은 절대 자신이 생각하던 것이 아니었다.

당천호의 몸에서 지독한 독기가 스멀스멀 빠져나오고 있는 것이다.

"그들의 위치는?"

"파악 중에 있습니다. 아직 감숙을 벗어나지 못했을 확률이 높습니다."

"찾아. 찾는 즉시 나에게 알려라."

무사의 얼굴이 새파랗게 질려갔다.

당천호가 무의식중에 뻗어내는 독기가 상당한 까닭이다. 저 엄청난 독기를 제대로 뽑아낸다면 세가의 독룡은 토룡이 될 지경이다.

"어찌하시려고……."

"찾아내서 죽인다. 상상할 수도 없는 방법으로, 고통 속에서 내 동생에게 사죄하며 죽을 것이다."

제십팔장(第十八章)

독제(毒帝)

당가의 대총관 당천호가 불같은 분노를 뿜어내고 있는 그 시각, 법륜과 여립산은 감숙을 빠르게 벗어나고 있었다. 그들이 그렇게 길을 서두른 이유는 역시나 당가 때문이었다.

사천의 명문.

구파가 두 개나 존재하는 그 땅에 당당히 일익을 차지한 세가. 당가를 수식하는 말은 여러 개지만 그중에서도 가장 유명한 것은 은혜는 두 배로, 원한은 열 배로 갚는다는 말이다. 그만큼 은원에 철저하기에 원수에게 독수를 쓰는 것도 망설이지 않는 곳이 당가이다.

법륜과 여립산은 그런 당가와 척을 졌다.

멀리는 여립산과 당가의 분쟁부터 가깝게는 당천후의 죽음까지. 비록 목숨이 상하는 일은 없었지만 상대는 그렇게 생각하지 않을 것이 분명했다.

특히 당천후의 죽음이 결정적이었다.

마인 구양선이 흘린 소문이 천 리를 갔다.

비록 황금포쾌 마운철과 하오문의 장소평이 그 소문을 바로잡고는 있지만 당가에서 언제 그 소식을 접할지는 미지수다. 어쩌면 이미 당가의 추격대가 법륜과 여립산을 쫓고 있을지도 모르는 일이다.

그렇기 때문이다. 이 둘이 이렇게 급하게 감숙성을 벗어나려는 것은.

자신들과 당가가 얽히더라도 마의는 분쟁에서 배제하기 위해서 감숙을 벗어나려는 것이다.

"잠깐, 여기서 쉬었다 가세."

법륜은 여립산의 말에 극성으로 전개하던 야차능공제의 속도를 서서히 줄이기 시작했다. 이렇게 달려온 지 벌써 삼 일, 사천으로 가는 길은 멀고도 멀었다. 여립산은 이마에 흐르는 땀을 닦으며 숨을 골랐다.

"속도를 내는 것도 좋지만 무리가 가서는 안 되네. 언제 당가와 부딪칠지 모를 일이니."

법륜이 고개를 끄덕였다.

언제나 만전을 기하는 것, 무인으로서 당연한 일이다. 법륜은 금강령주를 되돌리며 진기를 점검했다. 이제 점점 금강령주의 사용에도 익숙해져 가고 있다.

처음 여립산을 상대할 때와는 꺼낼 수 있는 힘의 크기도, 속도도 달랐다. 하나 그런 성취와는 달리 법륜의 심상은 어둠으로 물들어가고 있었다.

"잘될까요?"

법륜의 입에서 힘 빠지는 소리가 흘러나왔다.

산을 내려온 이래 마음처럼 된 것이 하나도 없었다. 허울뿐이라지만 파문도 당했다. 게다가 은혜를 입은 분을 내팽개치기까지 했다. 그렇게까지 해서 자신이 복수를 행하고 자신의 권리를 찾는 것이 정당한 것인지에 대한 의문이 들었다.

여립산은 고심에 찬 법륜을 보며 충분히 그를 이해했다.

아직 이립도 되지 않은 나이이다. 인생(人生)의 대부분을 산에서만 살았고, 맺어온 관계도 좁다. 게다가 대부분의 시간을 무공의 연마에만 몰두했으니 인간사가 이렇게 복잡하고 어려운 것인 줄 몰랐을 게다.

하나 이해와 현실을 함께 가져갈 수는 없다.

그러기엔 자신과 사질이 처한 상황이 너무 복잡했기에 여립산은 법륜이 마음을 다잡도록 인도해야 한다는 생각이 들었다.

"그런 말 말게. 스스로를 믿게. 지금은 그래야만 할 때야."

"스스로를 믿는다……."

법륜이 눈을 동그랗게 뜨자 여립산은 헛기침을 했다.

"자네의 무공, 사실 엄청나다네. 지금의 나조차도 질시가 일 정도이니. 모든 일을 무력으로 풀어나가는 것은 안 될 말이지만 지금은 그래야만 할 때라네. 조금이라도 약하게 나간다면 순식간에 잡아먹힐 테니."

"잡아먹힌다……."

"자네는 당가에 대해서 잘 몰라. 그들은 집요해. 집요하게 쫓아와서 정신없이 물어뜯을 걸세. 허니 마음을 단단히 먹어야 할 거야. 당가와 부딪친다는 것은 그런 것이니까."

"제가 선택을 잘한 것이겠지요?"

법륜은 그가 한 선택에 대해 답을 구했다.

여립산은 심유한 눈으로 법륜을 직시했다. 선택이라. 그것에 잘잘못을 따지기엔 너무 멀리 와버렸다. 가장 좋은 선택은 애초에 여립산이 당가와 척을 지지 않아야 했다. 하나 그 이후의 선택을 묻는 것이라면…….

"자네는 최선의 선택을 했네. 자네는 무공을 회복했고 더 높은 경지로 나아갔지. 가 선배가 걱정이긴 하지만 그분이라면 괜찮을 걸세. 금의위 조 대주도 믿을 만한 사람인 것 같고,

장 향주도 계속해서 소식을 전해주기로 했으니… 오히려 우리와 함께 있는 것이 더 위험할 걸세."

"그렇겠지요."

이것이다.

법륜이 스스로 결정한 일에 계속해서 고심에 고심을 거듭한 까닭이다. 스스로의 운명이야 어떻게든 뚫고 나아갈 수 있겠지만 거기에 휩쓸린 사람은 무슨 죄란 말인가. 오직 그의 성정이 바르기만 한 까닭에 생긴 일이었다.

"좋습니다. 계속해서 잡념이 들어도 지금은 그렇게 믿는 수밖에는 없겠군요. 예정대로 행하겠습니다. 그리고 준비가 갖추어지면 구원을 갚고 소림으로 돌아가겠습니다. 구양선이 잡혔으니 무언가 변화가 있겠지요."

여립산이 고개를 끄덕였다.

언젠가는 제자리로 돌아가야 한다.

지금은 사질과 강호행을 계속하고 있지만 그 역시 한 집단을 책임지는 자리에 있는 사람이다. 언제까지 강호를 주유하며 야인으로 살 수는 없는 일이기에.

"그보다 오늘은 여기서 머물러야 할 것 같으니 준비를 좀 하지."

법륜은 여립산을 향해 고개를 끄덕였다.

이제는 야숙도 익숙했다. 순식간에 자리를 정리하고 불을 피웠다. 비록 먹는 것이 바싹 말린 건량을 물에 풀어 해결하는 간단한 방식이지만, 법륜과 여립산에게 이 정도면 체력을 비축하고 다음 날을 준비하기에 충분한 식량이었다.

법륜은 간단하게 식사를 해결하고 숲속으로 들어섰다.

가볍게 무공을 점검하고 잠을 청하려는 것이다. 법륜이 금강령주를 실타래처럼 풀어낼 때, 그의 뇌리에 이명이 울렸다.

지이이잉.

'오랜만인데……'

단전이 깨어져 금강야차신공을 잃은 때부터 찾아오지 않던 육감이 깊은 산중에서 다시 발휘됐다. 이번엔 어떤 것을 보여주려는지 법륜은 뇌리에 스치는 장면을 하나도 놓치지 않으려는 듯 집중했다.

산속이다.

육감의 세계에서 법륜은 허공을 유영하듯 산속을 바라보았다. 나무를 헤치며 나타난 자는 다름 아닌 자신이다. 온몸에 피 칠갑을 한 채 이글거리는 눈동자로 세상에 분노를 고하고 있었다.

왜일까.

법륜은 허공을 유영하면서 고통으로 일그러진 자신의 얼굴을 바라보며 점차 아래로, 그리고 자신의 내면으로 침잠했다. 그는 스스로를 다독이고 다스리기 위해 노력했다. 이유 모를 분노가 허공을 유영하는 법륜을 잠식해 갔다.

장면이 바뀌었다.

법륜은 가차 없이 무공을 전개했다. 지독한 살수를 날리고 수많은 목숨을 취했다. 악인이다. 마인이 따로 없었다. 그 자신이 마인이 되어 분노를 표출하는 대상은…….

검은 옷에 녹피 장갑, 그리고 사슴이 새겨진 옷을 입고 있었다.

'당가…….'

법륜은 애초에 당가와 싸움을 할 생각이었지만 이렇게 무자비한 살생을 저지를 생각은 없었다. 그런데도 예지의 능(能)은 지옥을 만들어내는 야차의 모습을 보여주었다. 예지의 능이 그렇게 말한다면 결코 피할 수 없다.

"미치겠군. 무슨 일인지 도무지 알 수가 없으니……."

법륜은 최악의 경우를 생각했다.

자신이 저렇게까지 분노할 만한 일을 상상했다.

"죽음… 뿐이군."

누군가의 죽음. 그것만이 법륜의 분노를 불러일으킬 수 있었다. 스스로가 그렇게까지 분노하게끔 만들 수 있는 사람은 몇 없다. 애초에 깊게 교분을 나눈 이가 몇 없었으니.

생각나는 사람은 소림 본산에 있는 사조와 사형들, 그리고 자신을 주군이라 부르던 해천 정도였다. 소림 본산이 침탈당

할 리 없으니 이들은 아니다. 설령 그렇다고 해도 소림은 강하다. 충분히 스스로를 지킬 수 있는 사람들이다.

'허면 대체 누가……'

법륜은 머릿속에 일렁이는 불길한 상상을 재빨리 지워냈다. 자신과의 친분, 그리고 강호에 나와 있는 자. 그런 자는 단 한 사람뿐이다.

"여 사숙……"

법륜은 어떻게든 그의 죽음이 일어나지 않도록 운명을 바꿔야겠다고 생각했다. 죽음도, 운명도 이제는 그의 손을 피해 갈 수 없도록. 산을 내려오며 해천과 약속한 것처럼 하늘 위에 군림하겠다고 마음먹었다.

법륜은 순간 모든 것이 우스웠다.

강호에 군림하겠다는 자가 죽음을 두려워하고 살생을 피하려 하다니. 지나친 이상(理想)이다. 스스로 형로(荊路)를 걷기로 했으면 더러운 진흙탕에 발을 담가야 한다. 그는 스스로 그 길을 걷겠다고 다짐했으면서도 망설이고 또 망설이고 있던 것이다.

"이제부터는 달라져야겠지. 사숙의 말이 맞았어. 사치를 부리고 있었구나. 이 내가……"

그래야만 했다. 앞서 본 참사가 일어나지 않게 하기 위해서는 마음을 다잡아야 했다. 여립산이 그렇게 노력해도 안 되던 것이 금강령주가 진동하며 보여준 예지의 능 하나로 순식간에 마음이 변했다.

"점차 달라지겠지."

법륜은 야숙을 준비한 곳으로 발걸음을 옮겼다. 마음을 새로 먹었기 때문인지 발걸음이 가벼웠다. 법륜은 걸음을 옮기는 와중, 이상한 기운을 감지했다. 홀로 있어야 할 여립산이 여러 명의 기척과 함께 있는 것이다.

'여러 명……?'

법륜이 전속력으로 달리기 시작했다. 순식간에 금강령주가 진동하며 몸에 활기를 불어넣었다. 법륜의 신형이 튕겨져 나갔다. 시야 사이로 빠르게 흘러가는 나뭇가지들을 쳐내며 야숙을 준비한 곳으로 돌아갔다.

그리고 그곳엔 생각지도 못한 손님이 자리하고 있었다.

*　　　　*　　　　*

당천호는 성큼성큼 가주전의 문을 열고 안으로 들어섰다. 당자홍이 눈썹을 꿈틀거렸지만 그에게 별다른 말을 하지 않았다. 그도 들은 까닭이다. 하나뿐인 동생이 유명을 달리했다는 것을.

당자홍은 지금의 무례를 탓하는 대신 당천호에게 위로의

말을 건넸다.

"왔느냐. 이야기는 전해 들었다."

당천호는 당자홍의 말에 그를 물끄러미 쳐다봤다. 그 시선이 사뭇 도전적이어서 당자홍은 분통이 터지려 했으나, 어쨌든 따지고 보면 당천후는 그에게도 조카가 되니 안타까운 마음이 들어 그 분노를 사그라뜨릴 수밖에 없었다.

"일단 앉거라. 십수와 십독이 돌아오면 자세한 내력을 파악하고 바로 나설 것이니."

"그럴 필요 없어."

당자홍은 한 번 더 인내했다.

"말이 짧구나. 내 너의 상황을 가엽게 여겨 배려해 주는 것을 다행으로 알라. 평소였다면 가만두지 않았을 것인즉."

당천호는 당자홍의 말에 크게 웃음을 터뜨렸다.

우스웠다. 제 주제가 어떤지도 모르고 말하는 꼴이라니.

"잘 들었다. 본래라면 앞으로 한참 뒤에 일어났을 일이건만, 안타깝게도 내 동생이 먼저 저세상으로 가버렸으니 이십 년의 적공이 무상하다."

"이놈이⋯⋯!"

당자홍이 자리에서 벌떡 일어나 눈앞에 있던 벼루를 집어 던졌다. 정확히 당천호의 머리를 향해서였다. 벼루는 당천호의 머리에 그대로 가서 부딪쳤다. 아니, 애초에 당천호가 피할 생각이 없었으니 그대로 맞아준 꼴이다.

"나는 오랜 세월을 참아왔다. 가주의 동생이라 욕심 한번 내보지 못한 아버지를 보면서 살았지. 바보 같은 아버지는 그렇게 제 형에 충성을 다하며 살았다. 그러다 죽었지. 당신의 재질이 내 부친의 것보다 못했으니 부담스러웠던가. 그래도 나는 참고 견뎠다. 당신을 끌어내릴 충분한 능력과 힘이 있었음에도 그러지 않았어. 그게… 그것이 적어도 먼저 간 내 아버지의 명예를 지켜 드리는 일이라 생각했으니까. 그래서 살려뒀다."

당천호의 말을 듣는 당자홍의 얼굴이 어느새 시뻘겋게 달아올라 있다. 자신의 동생 당자명은 당천호의 말대로 뛰어난 인사였다. 인품도 훌륭해 가내의 모두가 그를 두루 칭송했다.

하지만 가주는 자신이었다.

세가주의 입장에서 가주의 위를 위협하는 존재는 언제나 제거 일 순위 대상이다. 당자명은 그렇게 홀로 임무를 나갔다 주검으로 돌아왔다.

"그래서… 네놈이 어쩌겠다는 말이냐?"

"이제 흥미가 떨어졌어. 모조리 죽이고 싶지만 그랬다간 지하에 계시는 아버지가 슬퍼하실 테지. 그래도 당씨라고. 그러니……."

당천호가 손을 들어 올렸다.

지독한 독기가 뭉글뭉글 뿜어져 나왔다.

"그대로 당신만 죽어. 그다음 가주는 암룡 그 새끼가 하든
지 말든지 신경 안 쓸 테니까."

그 독기가 중원에서 독으로는 따라올 자가 없다는 당가의
가주를 집어삼켰다.

"오랜만에 인사 올립니다, 주군. 그간 강녕하셨습니까."

법륜은 뜻밖의 인사에 당황스러운 마음을 감출 수 없었다.
하남성에서 감숙성까지 수천 리 길, 공간을 격하고 뜻하지 않
은 사람을 만난다면 누구나 그런 마음이 들 수밖에 없을 것이
다.

"해천 공……! 여기까지 어떻게……? 그리고 이분들
은……?"

인사를 올린 사람은 다름 아닌 해천.

본래의 주군이던 천주신마 유정인을 따르던 남자, 지금은
소림의 그늘 아래 새로운 주군을 받들며 여생을 살아가는 자
다.

"걱정스러운 마음이 들어 예까지 발걸음을 하게 되었군요.
허허."

"걱정이라니……."

해천은 빙긋 웃으며 답했다.

"소림에서 있었던 일 때문에 마음이 놓이질 않더군요. 주군께서 마음이 많이 상하셨을 것 같다는 생각을 많이 했습니다. 그런데 이렇게 보니 제가 마음을 너무 약하게 먹은 듯싶군요."

그때 옆에서 가만히 지켜보던 여립산이 법륜을 향해 물었다.

"사질, 아시는 분들이 확실한 것인가? 내 사질을 찾아왔다기에 그대로 두었으나 신원이 불분명하여 손을 쓸까 고민 많이 했다네. 게다가… 이런 이름 모를 산중에까지 불쑥 나타난 것을 보면……."

충분히 의심스러운 상황이다.

속도를 높여가며 걸음을 재촉했는데 상대방은 아무렇지도 않다는 듯 자신들이 머물고 있는 곳으로 찾아왔다.

"주군, 소개를 좀 해주시지요. 이거 의심을 받다간 안 그래도 짧은 수명, 팍팍 줄어들겠습니다."

법륜은 탄성을 터뜨리며 말했다.

"아! 맞습니다, 사숙. 여기 계시는 분은 해천 공이십니다. 한때 아버지… 를 모셨던 분입니다."

"말씀은 많이 전해 듣고 있습니다. 당금에는 독안도라 불리신다지요. 해천입니다. 현재는 그저 평범한 촌부에 불과하지요. 허허."

"해천… 해천……? 해천!"

여립산은 해천이라는 말에 놀랐다는 표정을 지었다. 해천이라면 이십여 년 전, 천주신마를 따르던 팔요마 중 말석을 차지하던 희대의 마인이 아닌가. 그런 자가 법륜과 인연이 있으리라곤 상상조차 하지 못한 여립산이다.

"헌데… 부친이라니?"

법륜은 얼떨떨한 여립산의 말에 쓴웃음을 지었다.

"사숙이 생각하시는 것이 맞습니다. 제 부친이 천주신마라 불리던 분이라더군요. 전해 듣기로는 무허 사조와 여기 계시는 해천 공의 연이 닿아 제가 법륜이 됐답니다."

"허, 천주신마라니… 상상조차 하지 못했군."

여립산은 계속해서 놀랍다는 듯 중얼거렸다.

법륜은 그런 여립산을 뒤로한 채 해천의 뒤에 우두커니 서 있는 두 명의 남자를 주시했다. 해천은 단전을 폐해 다시 무공을 익힐 수 없는 몸이다. 무인의 몸으로도 하남에서 감숙은 상당히 먼 거리, 법륜은 해천에게 호위가 필요했으리라 생각했다.

"거기 두 분은… 호위로 오신 겁니까?"

해천은 법륜의 물음에 두 사람을 소개했다.

"이들은 단순한 호위가 아닙니다. 이야기가 길어질 듯하니 자리에 앉아 말씀을 나누는 것이 어떻겠습니까?"

"그럼요. 좋고말고요. 어서 앉으시지요."

법륜과 일행은 야숙을 위해 준비한 자리에 둘러앉았다. 가운데 놓인 불이 타오르며 메케한 연기를 하늘로 올려 보냈다. 자리를 잡은 일행은 한동안 말이 없었다. 법륜은 어색한 침묵을 없애고자 방금 전 궁금증이 일던 두 사내에게로 시선을 돌렸다.

"해천 공, 방금 전 단순한 호위가 아니라고 하셨는데……."

"아아, 이분들에 대해 설명하자면 앞에 사족이 많이 붙어야 하니 그 전에 다른 이야기부터 시작했으면 합니다. 허해주시겠습니까?"

법륜은 해천의 단호한 말에 고개를 끄덕였다.

그가 두 사람에 대해 궁금해하는 이유. 처음 그 둘을 호위로 느낀 것처럼 그 둘의 무공은 생각보다 깊은 경지에 있었다. 복색도 특이했다.

한 사람은 등 뒤로 검을 찼는데, 그 검에 검집이 없어 검날을 그대로 드러낸 모습이었다. 또 한 사람은 몸에 사선으로 기다란 쇠막대 여러 개를 두르고 있었다.

"물론입니다. 그래야만 해천 공이 이분들이 누구인지 설명해 주실 테니 듣고 싶지 않아도 들어야만 하겠지요."

"하하, 그간 농이 많이 느셨습니다. 다행이군요. 정말 다행입니다."

해천은 법륜의 가벼운 농담에 좋다는 듯 마구 웃었다.

해천 역시 멀리서나마 그의 행보를 응원해 주는 자. 거기에 충심으로 모시던 주군의 핏줄이니 신경이 쓰일 수밖에 없었다. 법륜은 어려운 상황에서도 밝은 모습을 보여줬다. 그 모습이 무척 기꺼워 웃지 않고서는 그 마음을 표현할 길이 없었다.

"일단 죄송하다는 말씀부터 드려야겠습니다."

해천은 갑자기 자리에서 일어나 고개를 깊이 숙였다.

"아니, 어찌 이러십니까?"

법륜이 급히 일어나 해천을 말렸지만 해천은 요지부동이었다. 해천은 법륜이 그 사죄를 받아줄 때까지 그러고 있겠다는 듯 움직임을 멈춘 채 아무 말이 없었다.

"알겠습니다. 무슨 일인지는 모르겠지만 그만 고개를 드세요. 제가 민망하여 몸 둘 바를 모르겠습니다."

법륜이 영문도 모른 채 사과를 받아들이자 해천은 그제야 자리에 앉았다.

"주군께서 소림에서 파문당하셨다는 소식은 전해 들으셨는지요. 여기 계시는 여 공께서도요."

"음."

법륜과 여립산이 동시에 침음성을 흘렸다.

상당히 민감한 문제였다. 법륜에게 소림은 집이나 다름없었다. 집에서 내쫓김을 당한 꼴이니 심사가 고울 리 없다. 소림이 자신들을 보호한다는 명목을 추론하지 않았더라면 정말 깊이 실망하고 서운한 일이 될 뻔했다.

여립산도 마찬가지였다.

그는 법륜보다 오랜 시간을 소림의 제자로 살아왔다. 담담한 척하지만 그 마음이 결코 편할 리 없었다. 말하지 않아도 속은 썩어 문드러져 가고 있으리라. 법륜은 그렇게 생각했다.

'내가 너무 무심했구나. 그저 사숙에게 위로를 받기만 했으니……'

해천은 둘 모두 똑같이 난감하다는 듯 침음을 삼키는 데도 아랑곳하지 않고 말을 이어갔다.

"기실 소림은 주군께서 산을 내려가신 뒤 환란을 겪었습니다. 구양세가의 비화군 구양정균이 찾아왔지요. 그는 세가의 이공자 구양선을 격살한 천야차 법륜을 내놓으라고 큰소리를 치더군요."

법륜과 여립산이 동시에 고개를 끄덕였다. 공동의 태허 진인에게도 듣지 않았던가.

"그 일은 그럭저럭 잘 해결이 되었습니다. 소림을 수호하는 승려가 나섰지요."

"그분께서……?"

법륜이 의아하다는 듯 묻자 해천이 고개를 갸웃거렸다.

"그분이요? 아아, 전대를 말씀하시는 모양이군요. 그분이 아니라 당대의 수호자입니다. 법명이 법오라고 하더군요. 그가 나서면서 수호자라는 존재가 널리 알려져 비밀 병기가 사라지긴 했지만… 어디 소림이 그런 것에 의존하는 곳이던가요. 어쨌든 법오 스님이 나서면서 일은 일단락이 되었지요. 헌데 문제는 그다음에 발생했습니다."

"법오 사형이! 헌데 문제라니요?"

"파문 말입니다. 소문은 삽시간에 퍼졌죠. 소림의 무승이 맘대로 산을 내려와 팔대세가의 일원에게 일격을 가했다고. 소림은 난처한 상황에 빠졌습니다. 비화군을 뒤로 물리긴 했지만 여론은 점점 더 험악해져 갔습니다. 그래서 제가… 방장께 그 파문을 제의했습니다."

"무엇이?"

여립산이 순식간에 도를 뽑아 들고 해천의 목을 겨눴다. 해천은 두 손을 들고 그저 가만히 여립산의 백호도를 바라보고 있었다. 오직 해천의 뒤에 선 두 남자만이 검과 구절편을 뽑아 들어 여립산에게 겨누고 있었다.

"네놈이… 네놈이 감히……!"

법륜은 분노한 여립산을 말릴 수 없었다.

그 또한 분노하고 있었다. 파문이라는 것은 입에 쉽게 올릴 수 있는 것이 아니다. 중원이 아닌 지방의 군소 방파에만 가도, 아니, 저자의 작은 무관에만 가도 적을 올리고 탈회하는 것은 쉬운 일이 아니다.

사승이 이어지기 때문이다. 하물며 구대문파이다. 그중에서도 무학의 성지인 소림이다. 법륜이 소림을 어떻게 생각하고 있는지 안다면 그를 주군으로 모시고 있는 해천 또한 그래서는 안 됐다.

"어찌… 그런 제의를 했습니까?"

법륜의 어조가 심상치 않았다.

부친과의 연이 닿아 제 생명을 여기까지 이어오게 만들어 준 은인이니 손을 쓸 수는 없겠지만, 이유만큼은 반드시 들어야겠다는 생각이 들었다. 그래야 이 인연을 계속 이어갈지, 아니면 여기에서 끊어야 할지를 결정할 수 있을 터이다.

해천이 가만히 입을 열었다.

"일단은 진정하고 말씀을 다 들으신 뒤 행동하시지요. 말씀을 다 들으신 뒤에도 저를 베겠다면 그렇게 하십시오."

"이놈이 뚫린 입이라고……."

여립산이 든 백호도가 허공에서 부르르 떨렸다.

해천은 손으로 슬며시 백호도를 밀어냈다.

"그 당시의 상황은 쉽게 넘길 수 있는 것이 아니었습니다. 주군과 백호방주를 파문하지 않겠다면 구양세가에서 직접 척살령을 내리겠다며 겁박하더군요."

"그런······!"

"허나 소림은 두 분을 믿었습니다. 그래서 그 결정을 보류했습니다. 그러자··· 비화군이 백호방에 직접 손을 쓰기 시작하더군요."

여립산의 하나뿐인 눈이 부르르 떨렸다.

마음으로 생각하고 있었다고는 하나 그는 오랜 시간 방을 비웠다. 짧게만 생각한 외유가 이렇게 길어질 줄은 그도 예상하지 못한 것이다. 그저 자신이 없는 동안 부방주 장욱이 잘 해쳐나가고 있는 중이라 생각했는데 그게 아니었던 모양이다.

"그래서 백호방은 어찌 되었소?"

여립산이 떨리는 목소리로 묻자 해천이 고개를 끄덕였다.

"소림 본산에서 무승들을 파견했습니다. 사대금강이 직접 나섰으니 구양세가에서도 쉽사리 나서지 못했죠. 문제는 생각하던 것과 달리 소림이 민심에서 계속 멀어졌다는 겁니다. 생각해 보면 아주 간단한 문제입니다. 강호에 분탕질을 치는 제자들을 수수방관하고 도움을 주기까지 한다? 사정을 모르는 이들은 그렇게 생각했습니다. 구파가 할 수 있는 행태가 아니라고."

"그 말은······."

여립산이 자조 어린 목소리로 중얼거렸다.

"예, 그래서 제가 허울뿐인 파문을 제의했습니다. 승적을 옮기기만 하면 간단한 문제니까요. 태영사라고… 알고 계십니까?"

"태영사(太永寺)……?"

법륜이 태영사라는 이름을 되뇌었다. 처음 들어보는 사찰이다. 해천이 법륜의 의문을 해소해 주었다.

"태영사는 소림과 마찬가지로 숭산에 있는 작은 사찰입니다. 사찰이라기보단 암당이라고 해야 옳겠군요. 본래 소림에서 관리하던 곳인데 본사와 너무 멀고 낙후되어 버려진 암자입니다."

"그래서 그 태영사라는 곳이 어쨌다는 거요?"

여립산이 허탈하다는 듯 묻자 해천이 진중한 목소리로 답했다.

"태영사는 소림에서도 지척이요, 본래 소림의 사찰이었으니 소림의 영향력 아래에 있는 것이 지당한 일이지요. 저는 두 분이 그곳에 적을 두셨으면 합니다. 현재 두 분께서는 소림의 제자가 아니게 되었습니다. 그리고 태영사라는 새로운 곳에 적을 두시게 되면……."

해천이 법륜과 여립산을 가볍게 돌아봤다.

"새로이 소림의 제자가 되시는 겁니다."

*   *   *

당자홍은 몸속으로 침투하는 독기를 끊어내기 위해 안간힘을 썼다. 평생을 익혀온 육합귀원공(六合歸元功)의 내력이 몸속에서 들끓었다. 육합귀원공은 독을 다루는 이라면 첫 번째로 손에 꼽는 진귀한 내력이다.

그 내력의 묘용이 중독과 관련이 있기 때문이다. 대부분의 독을 다루는 이들의 끝이 중독사인 것처럼 독이란 언제나 양면성을 가지고 있다. 육합귀원공은 그 양면을 단면으로 만들어줄 수 있는 천고의 신공이다.

"네놈이……!"

당자홍은 육합귀원공을 극한으로 끌어 올렸다. 중독되어 시퍼렇게 물든 피부가 순식간에 제 모습을 찾아가기 시작했다. 당천호는 그 모습을 보면서 무심한 얼굴로 중얼거렸다.

"역시 비홍사의 독 정도로는 무리로군."

당천호의 얼굴은 전혀 실망한 사람의 얼굴이 아니었다. 오로지 당가의 가주가 자신의 독에 얼마나 버틸 수 있는지 시험하는 사람처럼 무심하기 그지없었다.

"고작 비홍사의 독 따위로 나를 무너뜨리려 했단 말이냐!"

당자홍은 그가 당한 독이 비홍사의 독인 것을 알고 분개했다. 비홍사는 독사이긴 하지만 독사 중에서 가장 하급에 속하는 독물이다. 하나 당자홍이 간과한 것이 하나 있었다.

당천호가 사용한 독물이 비록 하급 중의 하급이라는 비홍사일지라도 독의 조종(祖宗)이라 불리는 당가의 가주가 일순간 중독 상태에 빠졌다는 것이다.

"고작 비홍사의 독에 무너진다면 당가라는 성씨를 버려야지. 가주씩이나 돼서 엄살은."

당천호는 오연한 표정으로 다시 한번 당자홍을 향해 손짓했다. 좀 전보다 더 진득한 색의 독기가 스멀스멀 뻗어 나왔다.

"이 개보다도 못한 새끼가 감히!"

당자홍은 일순간 내력을 폭발시켰다.

육합귀원공의 내력은 독기를 제어하는 데도 상당한 묘용을 자랑한다. 하나 단지 그뿐이라면 팔대세가씩이나 되는 곳의 가주 직계 무공이 될 수 없었다. 육합귀원공은 독기가 아니더라도 충분히 상승의 무리가 담긴 신공이었다.

당자홍이 내력을 폭발시키며 쌍장을 뻗었다.

사천당가가 자랑하는 귀원장(鬼圓掌)이 같은 피가 흐르는 혈족에게 펼쳐졌다. 팔대세가라 불리는 당가의 가주가 펼치는 무공이기에 당천호 또한 당자홍의 장법을 무시할 수 없었다.

"귀원장인가."

당천호는 손바닥 중심에 독기를 끌어모으기 시작했다. 저쪽이 장공으로 나온다면 이쪽도 장공으로 상대해 주면 그만이다. 당천호의 장심에서 독기가 폭발했다. 바다에서 불현듯 나타난다는 용오름처럼 독 기운이 회오리치기 시작했다.

당자홍은 급하게 쌍장을 뻗어내고 계속해서 허공에 손을 떨쳐냈다. 당가의 상징이나 마찬가지인 암기술이 펼쳐졌다. 확실히 가주가 펼치는 암기술은 쉽게 볼 수 없었다.

암기의 조종이나 마찬가지인 사천의 당문을 책임지는 자가 아닌가. 당천호는 회오리치는 독기를 넓게 펼쳐 하나의 막을 만들었다. 독을 뭉치고 뭉쳐 만들어낸 독강(毒罡)의 막이다.

당천호가 강막을 만들자마자 당자홍이 발출한 암기가 쏟아지기 시작했다. 넓적한 품이긴 하지만 옷 안 어디에 그렇게 많은 암기를 숨겨두었는지 당자홍의 암기가 끊이질 않았다. 당천호의 손이 바빠지기 시작했다.

"과연 당가의 가주라면 이 정도는 해야겠지."

당천호가 시원한 웃음을 보였다.

당가의 주인이 되고자 했다. 그것이 먼저 간 부친과는 다른 삶을 사는 방법이라 생각했다. 그는 그 삶이 먼저 간 선친과 자신, 그리고 남겨진 하나뿐인 동생을 위한 삶이라 생각했다.

그래서 숨기고 감추고 수그렸다.

당가라는 먹잇감을 더 완벽하게 갖기 위해서. 하나 그 모든 권력과 욕망이 사람이 없다면 무슨 가치가 있을까. 당천호는 동생 당천후가 죽음으로써 그것을 깨달았다. 자신은 욕망에

삼켜진 괴물이었지만 결코 멍청하진 않았다.

"언제까지 그렇게 여유로울 수 있나 보겠다!"

당자홍이 암기를 발출하는 와중에도 은밀하게 독장을 뻗어냈다. 당천호의 손이 허공을 점하고 독의 방벽을 세웠다. 물샐 틈 없이 방비하는 기막이다. 당자홍의 암기가 파도처럼 덮쳐 와도 그 틈을 내주지 않는다.

"이제 그만 끝내자. 너무 시끄러웠어."

당천호는 독으로 만든 강기막을 일수에 회수했다. 그 모습이 마치 이 방벽이 없어도 당자홍의 암기술이나 독 따위는 충분히 막아낼 수 있다는 듯 도전적이다. 당천호의 손이 멎었다. 스멀스멀 흘러나오던 독기도 모조리 자취를 감추었다.

"이놈이……!"

당자홍은 자신 앞에서 건방을 떠는 조카를 보며 이를 갈았다. 무공을 포기했다고 알려진 터라 크게 신경 쓸 이유도 없던 자다. 그래서 안심하고 대총관의 자리에 앉혔다. 그리고 또 다른 조카인 당천후를 밀었다. 그에게 독룡이란 별호를 붙여주며 자신의 아들과 경쟁시켰다.

하나 그건 경쟁이 아니었다.

애초에 경쟁 자체가 될 수가 없었다. 비슷한 재질에 가주의 전폭적인 지지를 받는 아들과 인심 쓰듯 던져주는 무공을 익힌 조카, 누가 더 뛰어나겠는가.

그렇기에 안심했다.

가주의 자리는 무사히 자신의 아들에게 이어질 터이니까. 그렇게 믿었다. 그리고 당연하게 그렇게 될 것이라 생각했다. 눈앞의 조카가 제 스스로를 드러내기 전까지는.

"죽어."

당천호의 등에서 아홉 줄기의 독 기운이 뻗어 나왔다.

당가의 무공 중 가장 뛰어난 것은 가주의 무공이다. 그런 가주의 무공을 익힐 수 없으니 그 무공을 뛰어넘기 위해 당천호가 할 수 있는 선택은 단 하나뿐이었다.

스스로 무공을 만드는 것.

자신만의 무공으로 더 높은 경지에 오르는 것.

쉽지 않았다. 당연한 일이다. 무공을 창안하는 것이 쉬웠다면 저자에 절세의 신공들이 즐비했을 것이다. 당천호는 그렇게 이십 년의 세월을 보냈다. 섶 위에서 잠을 청했다는 부차(夫差)처럼 원한과 욕망을 곱씹으면서.

"구독연환(九毒連環)이다. 막아봐."

당천호의 등에서 뻗어 나온 아홉 개의 독 줄기가 당자홍의 요혈을 노리고 날아갔다. 그 모습이 마치 살아 있는 것처럼 느껴져 아홉 명의 절정검수가 검을 내치는 것 같았다. 당천호는 쉴 새 없이 몰아쳤다.

당자홍은 아홉 개의 독 줄기가 요혈을 노리고 날아들자 더 이상 암기를 던질 수 없었다. 암기로 떨쳐내기에는 너무 강맹했다. 대신 그는 품에서 커다란 철판 두 개를 꺼내 들었다. 철판의 모양이 사람의 앞 상체 모양으로 구부러져 있다.

"결국 꺼내는가?"

"네놈도 이것을 알아보았다면 이제 끝이라는 것을 알겠지?"

당자홍은 철판을 공중 높이 던졌다. 당자홍의 손짓에 철판이 새빨갛게 달궈졌다. 허공에서 유영하는 철 조각이다. 당자홍이 손을 내뻗자 철판이 그 움직임에 반응하기라도 하듯 당천호를 향해 맹렬하게 날아갔다.

좁디좁은 가주전 안에서 펼치기엔 무리가 있는 기예였다.

더불어 여러 번 펼치기에도 힘에 겨운 무공이다.

당가 암기술의 최고봉.

아니, 중원 전체를 통틀어도 이만한 암기술은 그 어디에도 없었다. 당가 무공의 결정체가 당자홍의 손에서 펼쳐졌다.

"만천(滿天)!"

당자홍의 내력에 붉게 달궈진 철판이 우그러들기 시작하더니 이내 조각조각 갈라지기 시작했다. 조각난 철판은 어린아이의 새끼손톱보다도 작았다. 하지만 당천호는 잘게 부서진 철판을 가벼이 여기지 못했다.

"화우(華雨)!"

비가 내렸다.

강철로 만들어진 비다.

암기의 비가 당천호의 전신을 노리고 단번에 쏟아졌다. 당천호는 가주전 안을 뒤덮은 강철의 비를 물끄러미 바라보았다. 세가 무공의 결정체 만천화우. 완벽하게 연성하면 그 어떤 방어 초식도 뚫고 들어가 목숨을 취한다는 신공이다.

하지만 당천호는 그 모습을 보면서 자신의 선택이 옳았음을 느꼈다. 이번 싸움은, 아니, 복수는 이것으로 끝이었다.

"만천화우라. 어디서 그런 개수작을……."

당천호는 끌어 올린 구독연환을 맹렬하게 회전시켰다. 제 의지를 가진 것처럼 움직이던 독기는 당천호의 팔방에 뿌리를 내리고 제자리에서 회전하며 엄청난 반탄력을 만들어내기 시작했다.

당자홍이 펼친 무공은 만천화우가 맞다.

비록 자신이 개수작이라 표현하기는 했지만 저것은 부정할 수 없는 암기 무공의 정화이다. 하지만 무공이 그러한들 펼치는 사람이 완전하지 못하면 그것은 돼지 목의 진주 목걸이나 다름없다.

그래서이다.

당천호가 자신하는 이유는.

당천호의 주변에서 맴돌던 아홉 개의 독 기둥이 세력을 넓혀가기 시작했다. 게다가 구독연환은 당천호가 세가를 찬탈

하기 위해 만든 무공이다. 그 대적의 끝에는 언제나 저 무공 만천화우가 함께였다.

만천화우에 대적하고자 만든 무공.

그것이 구독연환이었다.

암기의 특성상 은밀하게 허공을 격하고 상대를 격살하기엔 좋지만 이렇게 뻔히 보이는 공간에서의 암기술은 무리수가 많은 선택이다.

구독연환은 그 모든 상황을 가정하고 만든 무공이다. 지근거리든 원거리든 온 사방을 점해 애초에 진입조차 못하게 하는 것, 그것이 구독연환의 가장 큰 묘용이다. 절대의 방벽을 구사하는 것.

그럼에도 당자홍은 만천화우를 택했다.

처음 보는 무공이기에 한 선택이리라. 하지만 당자홍의 선택은 그 결정 하나로 그 운명을 맞이했다.

당천호의 회전하는 구독연환이 그의 몸을 감싸기 시작했다. 그리고 그 위로 강철의 비가 내리기 시작했다. 당자홍의 기대와는 달리 만천화우는 그 이름값을 해내지 못했다.

잘게 조각난 철편이 독기에 휘말리자마자 녹아내리는가 하면, 애초에 회전하는 독 기둥의 풍압에 접근조차 하지 못한 채 튕겨 나가는 철편도 부기지수였다.

튕겨 나간 철편이 가주전 내의 집기를 부수고 지나갔다. 집기만 부순 것이 아니었다. 무공을 펼쳐낸 당자홍 또한 철편의 비산에 속수무책이었다.

자신이 펼친 무공에 당한다…….

세인들이 알면 비웃음을 살 일이다. 당자홍은 이를 악물고 계속해서 귀원장을 뻗어냈다. 눈앞에서 자신이 전력을 기울인 무공이 순식간에 파훼되고 철편이 비산한다. 이보다 더한 치욕은 없었다. 그가 언제 이런 취급을 받아보았겠는가.

"빌어먹을!"

당자홍이 지속적으로 귀원장을 뻗어냈지만 철편 조각이 몸을 스치고 지나가는 것을 전부 막지는 못했다. 몸 곳곳이 삽시간에 피로 물들었다. 치명적인 상처는 모두 비껴냈지만 망신도 이런 망신이 없었다.

철편이 땅으로 후두두 떨어졌다.

당천호는 회전하는 구독연환 속에서 당자홍을 바라봤다. 철편이 모조리 튕겨져 나가자 그는 독 기둥을 땅에서 잡아 뽑았다.

'올라와.'

독 기둥이 당천호의 명에 즉각 반응했다.

구독연환이 다시 등에서 넘실거리며 뱀처럼 당자홍의 목을 노리기 시작했다.

"만천화우는 그렇게 펼치는 것이 아니지. 애들 장난 같다,

그러니까."

당천호가 당자홍의 곁으로 한 발 다가섰다.

"내가 진짜를 보여줄게."

당천호의 등에서 넘실거리던 구독연환이 순식간에 터졌다.

아홉 개의 독강에서 깨져 나간 파편은 당자홍이 부순 철판의 조각보다 수십 배는 많아 보였다. 당자홍은 그 모습을 보면서 침음을 삼켰다.

'못 막겠다, 저건.'

당자홍은 조용히 눈을 감았다.

주마등이란 이런 것인지, 그가 지나온 세월이 순식간에 지나갔다. 유독 많은 부분을 차지한 것은 그의 동생 당자명의 얼굴이다. 그리고 그는 깨달았다.

당천호의 말이 사실임을.

자신은 치졸하고 옹졸했다. 무공에 재능이 뛰어난 동생을 시기해 그를 사지로 몰아넣었다. 그 죗값은 어떤 방법으로도 치를 수 없는 것이겠지.

"미안하다."

당자홍의 입에서 자신도 모르게 미안하다는 말이 나왔다.

당천호의 짙은 눈썹이 꿈틀거렸다.

이제 와서 미안하다고? 그 말은 되레 자신과 아버지를 능멸하는 말이다. 사람이라면, 가족이라면 애초에 그런 선택을 해서는 안 됐다.

"나도 미안해. 못 살려줘서."

흩날리던 독강의 파편이 맹렬한 기세로 허공을 떠다니기 시작했다. 이것으로 모든 은원을 결정짓는다. 한 가문의 심처에서 가문의 주인을 죽이는 것만큼 통쾌한 복수가 또 있을까.

당자홍은 저항하지 않았다.

이미 모든 것을 포기한 상황이기에 그저 지난날을 반추하며 행복했던 기억만을 떠올리려고 노력했다. 어찌 보면 눈앞에서 이를 갈며 복수를 천명하는 조카를 기만하는 꼴이지만 그렇게라도 하지 않으면 자신의 지난 인생 모두가 부정당할 것만 같았다.

당자홍이 독강의 파편에 그대로 휩쓸렸다.

독강의 파편은 당자홍을 휩쓸고 가주전 내부를 모조리 지워냈다. 애초에 아무것도 존재하지 않았다는 듯 내부의 모든 집기가 독기에 녹아내리고 엄청난 폭발력에 지붕이 불타올랐다.

엄청난 폭음이 당가를 뒤흔들었다.

당천호는 그 소란의 한가운데 가만히 서서 하늘을 올려다보았다. 어두운 밤하늘이 그의 마음을 대변하는 듯했다. 이로써 복수를 끝마쳤지만 그의 마음은 전혀 후련해지지 않았다.

그러다 문득 당천호는 자신에게 남은 원한이 있다는 것을 깨달았다. 동생을 죽인 자, 그를 없애지 않으면 복수를 다했다 할 수 없었다. 시간이 모자라다. 당자홍의 목숨을 빼앗는 것에는 아무런 미련이 없었으나 아무것도 모르는 이들의 목숨까지 빼앗을 수는 없었다.

그 어디도 아닌 가주전에서 이런 소란이 일었으니 곧 무사들이 달려올 터. 서둘러 자리에서 벗어나야 했다.

"천야차, 다음은 너다."

스스로 숨어 살던 독제(毒帝)가 세상에 발을 내디뎠다.

*   *   *

"다른 소림의 제자라니요? 그게 무슨 뜻입니까?"

법륜이 심각한 얼굴로 해천에게 물었다. 해천은 대수롭지 않다는 듯 법륜과 여립산을 돌아본 뒤 말을 이었다.

"말 그대롭니다. 태영사는 본디 소림의 암당이었으나 지금은 버려졌지요. 그곳에 적을 두시면 됩니다."

"그 말은……."

법륜과 여립산의 어조가 사뭇 심상치 않았다.

"맞습니다. 엄밀히 말해서는 소림의 제자는 아니지요. 허나 주군께서는 제게 일전에 약속한 것이 있지요? 그것의 연장선이라 보시면 됩니다."

"연장선이라……."

여립산은 법륜이 해천과 약속한 것이 무엇인지 달리 묻지 않았다. 그 또한 아는 까닭이다. 법륜이 한 약속, 그것은 소림을 뒤집어엎겠다는 것이다. 그와 강호행을 하면서 여러 차례 이야기한 바 있지 않는가.

"주군께서는 지난날 제게 그렇게 말씀하셨지요. 남존이 내놓은 역리처럼 세상을 살겠다고요. 이번 일은 그것과 크게 다르지 않습니다."

"나는… 도무지 이해할 수가 없소."

법륜의 얼굴이 잔뜩 일그러졌다.

해천은 법륜이 군이 다른 말을 하지 않아도 그가 하고자 하는 말이 무엇인지 알았다. 불존 무허를 뛰어넘어 소림 내 그 누구도 법륜을 거역하지 못하게 만들겠다는 것. 법륜이 애초에 의도한 바는 이것이었으리라.

하지만 달리 보기에 법륜의 의도는 어린아이의 치기와도 같았다. 소림은 강대한 무파이다. 사찰이기 이전에 정도의 수천, 수만의 무인이 우러르는 무인들의 성지이다. 그런 곳에서 제 뜻을 펼친다?

그것을 달리 말하자면 반역이나 다름없었다.

해천은 애초에 법륜의 성정으로 그런 일을 행할 수 없을 것이라 판단했다.

"그것은 차차 더 이야기를 하시지요. 그보다 아까 제가 어떻게 두 분을 찾았는지에 대해 물으셨지요?"

여립산이 대신 답했다.

"그렇소. 우리는 빠르게 이동 중이었고, 어느 곳에서도 행적을 드러낸 적이 없소. 그런데 당신들은 우리를 당연하다는 듯 찾아왔지."

해천은 여립산의 말에 크게 웃었다.

"맞습니다. 두 분께서는 말씀하신 것처럼 행하셨겠지요. 하지만 그것은 착각입니다."

"착각이라……?"

"두 분, 감숙을 빠져나가는 길목에서 약초꾼 하나를 만나셨지요. 그리고 요 앞 화전에서 건량을 구입하기 위해 잠시 모습을 보이셨고요. 그래서 알았습니다."

법륜과 여립산이 해천의 말에 해연히 놀라 되물었다.

"그것을 어찌 아셨습니까?"

"태영사입니다."

"태영사라구요? 아까 그곳은 버려진 곳이라고……."

해천이 재미있다는 듯 미소를 지었다.

순수했다. 주군으로 모시던 천주신마의 자식은 이렇듯 때 묻은 듯하면서도 때 묻지 않았다. 아직까지 숭산에서 본 그 모습 그대로이다. 저런 반응을 보일 수 있는 것은 모르기 때문이리라. 강호에 대해서.

강호에 대해서 알았다면, 그 무서움에 대해 알았다면 저렇게 어리숙한 모습으로 강호를 종횡하지는 않았으리라.

"그곳에 대해 설명하기 위해선 주군께서 산을 내려간 뒤 제가 겪은 일들을 먼저 설명해야겠습니다. 긴 이야기가 되겠지만 아직 밤이 깊지 않았으니 지난날에 대한 회포는 이 이야기로 풀었으면 싶군요. 괜찮겠습니까?"

"좋습니다. 말씀하시지요."

해천은 법륜이 산을 내려간 뒤 근 이 년 동안의 이야기를 풀어놓기 시작했다.

해천은 법륜이 하산한 뒤 바쁘게 움직였다.

가장 먼저 한 일은 소식을 접하는 일이었다. 그간 이십여 년의 세월을 항마동에서 보냈으니 세상이 어찌 바뀌었는지, 또 지금 어떻게 돌아가는 알아야만 했다. 그래야 산을 내려간 법륜을 지원할 것이 아닌가.

해천은 하늘이 바뀌었다는 말에 굉장히 놀랐다고 한다.

원나라가 스러지고 새로운 태양 명이 등장했으니 법륜이 조용한 산사에서 살며 원한에 불타는 이유도 자연스럽게 알게 되었다.

하지만 그에겐 먼저 해야 할 일이 있었다.

유명을 달리한 주군 천주신마 유정인과 그를 따르던 팔요마에 대한 일이었다. 그가 기억하기에 천주신마 유정인과 팔요마 중 몇은 이미 혼인을 한 데다 자식까지 본 것이 기억난 까닭이다.

그는 곧장 산을 내려가 수소문을 시작했다.

무일푼이니 하오문이나 개방에 정보를 의뢰할 수도 없었다. 그저 기억에 의존해 찾고 또 찾았다. 그렇게 보낸 세월이 일 년이다.

그는 가장 먼저 검마(劍魔) 장요의 후인을 찾아 나섰다.

검마 장요는 정도맹회에 쫓기던 당시 고희를 바라보는 나이였으니 그 후인이라면 분명히 장성해 몸을 피해 있을 것이라 판단한 것이다. 그리고 그는 안휘 어귀에서 조용히 검도(劍道)에 매진하고 있던 장요의 후손을 찾아냈다.

그다음은 오히려 쉬웠다.

구절편마(九折鞭魔) 사진도의 후신은 강소성 대도시 저자에서 왈패 짓을 하고 있었다. 차라리 이쪽은 드러나 있어 찾기도 쉬웠다. 장요의 손자는 이름 모를 산에서 종적을 감춘 채 생활했으니까.

"그게 여기 있는 두 사람입니다. 이쪽은 장산. 검마라 불린 장요 선배의 손자입니다. 그리고 이쪽은 구절편마라 불리던 사진도 선배의 아들이죠. 사경무라고 합니다. 인사들 드리시게."

해천의 말에 등 뒤로 검을 찬 장산과 구절편을 몸에 사선으로 두른 사경무가 포권을 취했다.

"장산이오."

"사경무라 합니다. 만나서 영광이오."

해천은 둘을 돌아보며 계속해서 말을 이었다.

"이 둘을 찾아낸 뒤 다른 사람들을 찾아보려고 했지만… 찾을 수 없었습니다. 아마 강호에 환멸을 느꼈거나 그 맥이 끊긴 것으로 판단할 수밖에 없었습니다."

"그렇군요."

법륜이 고개를 끄덕이며 포권을 취했다.

이들은 부친을 따라나섰다 유명을 달리한 자들의 후손이다.

뜻을 함께했다고는 하나 도움을 받은 것이 분명하다. 부친이 직접 감사의 말을 전할 수 없으니 자식인 자신이라도 그 뜻을 분명히 전달해야 했다.

"법륜입니다. 소림에서 사사했습니다. 다만 앞으로는 어떻게 될지 모르겠군요. 두 분의 부친과 조부께서 제 부친에게 보여주신 은혜, 어떻게 갚아야 할지 감도 잡히질 않습니다. 제가 대신 이렇게 인사를 올리게 되어 송구할 따름입니다."

장산은 고개를 끄덕였다.

그는 표정이 겉으로 드러나는 사람이 아니었다. 법륜은 그가 지금 이 순간 무슨 생각을 하고 있는지 알 수 없었다. 사경무는 장산과는 정반대의 사람이다.

그는 표정이 다양하고 감정의 표현이 풍부했다. 비록 깊은 이야기를 나누어보진 못했지만 그 둘의 성향이 단적으로 보였다.

"괜찮소. 조부가 선택한 일이고 후회가 없으셨다 들었소. 그거면 되었으니 과례는 삼가시오."

장산의 말이다. 반대로 사경무는 법륜의 진심 어린 말에 몸 둘 바를 모르고 있었다.

"아이고, 아닙니다. 얼굴도 몇 번 못 본 아버지지만 그래도 스스로가 옳은 일을 한다고 믿고 계셨다 들었습니다. 그러니 그런 말씀은 마세요."

"맞습니다, 주군. 그때의 우리는… 자신의 선택에 아무런 후회가 없습니다. 그러니 그런 말은 하실 필요 없습니다."

법륜은 해천을 향해서도 다시 한번 고개를 숙였다.

처음 그가 법륜과 사숙의 파문을 제의했다는 말에 그를 원망했는데 그럴 일이 아니었다.

이렇게나 사려 깊은 사람이다. 파문에 대한 문제는 그것대로 이유가 있을 것이다.

"그렇다면 말씀해 주시오. 대체 무슨 저의셨습니까?"

해천이 후 하고 한숨을 내쉬었다.

"알겠습니다. 여기 있는 장산과 사경무를 거두고 저는 소림으로 돌아갔습니다. 하지만 산에 오를 수는 없었죠. 이 둘의 무공 연원, 느끼셨겠지만 정공(正功)보다는 마공(魔功)에 가깝습니다. 그렇다 보니 따로 머물 곳을 찾게 되었습니다. 그곳이 바로 태영사입니다. 저와 이 친구들은 그곳에 자리를 잡았지요. 그리고 방장과 한 가지 거래를 했습니다."

"거래라 하시면……?"

"언젠가 주군께서 방장과 한 약속을 다시 한번 했습니다. 우리가 태영사에 머물 권리를 달라. 대신에 소림은 더러운 곳에 발을 담그지 말라. 그곳엔 우리가 발을 담글 테니."

"그 말씀은……."

"맞습니다. 주군이 언젠가 방장과 한 약속의 재연입니다. 그렇기에 태영사는 소림의 것이나 마찬가지입니다. 저희는 그렇게 태영사에 자리를 잡았습니다. 그리고 다음 할 일은 정해져 있었죠. 사람을 모았습니다. 사람을 모으고 그들을 섬서와 감숙, 청해에 널리 뿌렸죠. 재원은 소림이 마련했습니다. 없는 살림이지만 그래도 긁어모으니 꽤 나오더군요. 그 돈으로 사람을 샀지요."

"사람을 뿌렸다는 말은……."

옆에서 듣고 있던 장산이 말을 받았다.

"맞소. 나와 여기 있는 사형은 사람을 부려 당신과 백호방주를 수소문했소. 아까 말한 약초꾼이나 시전 상인 같은 사람들. 소림의 이름으로 도움을 구하니 절로 도와주더이다. 그것이 우리가 그대들을 찾아올 수 있는 원동력이었소."

법륜은 이해했다.

그들이 빠른 속도로 이동함에도 태영사라는 집단이 어떻게 자신들을 찾아냈는지 알았다. 그리고 해천이 말한 허울뿐인 파문이라는 말이 어떤 뜻인지도 알았다.

하지만 법륜은 머리로는 이해해도 마음으로는 납득할 수 없었다.

과연 이것으로 괜찮은 걸까? 정도(正道)를 숭상하기에 소림은 경외를 받는다. 다른 구파도 마찬가지이다. 때때로 승냥이라 표현되는 팔대세가가 구파에 비해 인정받지 못하는 이유이기도 하다.

바로 협(俠).

그리고 의(義)다.

구파는 협의지도(俠義之道)를 바로 세웠기에 추앙받는 것이다.

법륜이 보기에 이번 행태는 그 협의지도에서 크게 벗어난 일이다. 소림이 파문을 했다면 자신은 파문을 당하는 것이 맞았다.

이렇게 눈 가리고 아웅 하는 식의 얕은 수는 언젠가 파탄

을 불러일으킬 것이다. 법륜은 그것을 잘 알았다. 그렇기에 그
는 선택해야만 했다.

그가 세운 뜻과 소림이 가진 협기(俠氣)가 배치되기에 하나
를 선택해야만 했다.

법륜은 조용히 눈을 감았다.

아스라이 해천과 장산, 사경무의 대화 소리가 귀를 파고드
는 듯했다.

'어찌해야 할까.'

이대로 파문을 택하기엔 소림은 그에게 너무 큰 은혜를 주
었다.

아직 그 은혜의 반의반도 갚지 못했기에 정명한 것을 숭상
해 오던 법륜은 그 사실을 쉽게 용납할 수 없었다.

반대로 파문을 물리고자 소림에 오르면 그 또한 문제다. 문
파의 차원에서 일어난 일이고 구파는 그것을 쉽게 되돌릴 수
없다.

비웃음을 사기 때문이다.

자존심에 금이 가기 때문이다.

협의지도로 쌓아온 많은 것이 한순간에 무너져 내리기 때
문이다.

법륜의 사고는 깊어만 갔다.

'차라리 무공으로 해결할 수 있는 일이었다면 이렇게 고민

하지도 않았을 텐데.'

우스운 일이다.

법륜은 인간이다. 무신이 아니란 이야기다. 그 스스로 야차가 되기로 마음먹었다지만 그는 야차도, 인간도 아닌 어중간한 상태이다.

피를 갈구하는 살귀(殺鬼)도 되지 못하는 자가 소림의 부처가 되어 그곳을 좌지우지할 수 있을까.

"결정을 내려야겠군요."

법륜의 나지막한 목소리가 자신도 모르게 흘러나왔다.

그렇다. 그는 결정을 해야만 했다. 이대로 얼결에 끌려가는 것은 사양이다.

"사숙."

법륜은 먼저 여립산을 돌아봤다.

그는 법륜을 위해 많은 것을 희생했다. 백호방주로서 해야 할 일도 내팽개치고 그를 따라와 많은 고초를 겪었다. 한쪽 눈도 잃고 말았다.

비록 그 대가로 낭아감각도라는 천고의 무공을 얻었지만, 평생을 가지고 살던 두 눈만 할까.

이제는 그를 보내주어야만 한다.

"사숙은 이제 그만 백호방으로 돌아가시는 것이 좋겠습니다."

"나더러 이제 그만 빠지라는 이야기인가?"

여립산은 법륜의 말에 불쾌하다는 듯 삐죽거렸다. 자신을 생각하는 사질의 마음이 여실히 느껴졌지만 그것이야말로 자신을 무시하는 처사이다. 법륜도 여립산의 말투에서 그 감정을 읽어냈다.

"예, 맞습니다."

법륜은 고개를 깊이 숙였다.

사숙에게 죄송하지만 어쩔 수 없는 일이었다.

"죄송합니다, 사숙. 사숙은 저 때문에 너무 많은 것을 희생하셨습니다. 게다가……."

법륜은 언젠가 본 예지의 능에서 누군가 죽는 것을 보았다. 그는 그 사람이 사숙 여립산이 아니기를 기원하고 또 기원했다. 그렇다면 애초에 사숙을 배제한다면 어떨까. 그는 그렇게 생각했다.

"이제는 더 이상 사숙에게 폐를 끼치는 것이 능사가 아니라는 것을 알았습니다. 저는 사숙께 돌이킬 수 없는 폐를 끼쳤어요. 저는 압니다. 사숙이 소림에서 파문된 것이 제 잘못이라는 것을요."

여립산이 혀를 찼다.

"사질은 언제나 그것이 문제다. 이 상황에서도 나를 배려하는가? 그것은 자네의 잘못이 아니야. 상황의 잘못인 게지."

여립산은 법륜의 고개 숙인 모습에 그의 속내를 읽었다.

이 이상 폐를 끼치긴 싫은 것이리라. 하지만 그것은 법륜이 아닌 자신이 결정할 문제였다. 그가 선택했고 그가 결정한 일이었다. 자신이 손해를 본다고 생각했다면 애초에 법륜과 헤어졌을 것이다.

"괜찮다. 그만 고개를 들어라."

여립산은 마음이 누그러졌다.

무공이 고강한 사질이 마음 아파하는 모습을 보는 것이 힘들었다. 이제는 같은 사문에 적을 둔 사질이라기보다 진짜 조카처럼 보였다.

"나는 백호방의 방주이기 이전에 한 사람의 무인이다. 내가 책임져야 할 식구들이 있는 것은 분명하지만, 그 전에 나도 갚아주지 않으면 안 되겠다. 이 눈."

"사숙……."

법륜이 괴로운 목소리로 답했다.

"기련마신 그놈에게 한 방 먹이기 전까지는 절대 돌아가지 않는다. 그리고……."

여립산이 뜸을 들였다.

이런 말을 해도 될까. 언제부턴가 느껴지기 시작한 그의 천명(天命).

그는 그의 천명을 법륜에게서 보았다. 그의 천명은 무공의 완성도, 백호방의 부흥도 아니었다.

지켜보는 것.

그저 법륜의 옆에서 조용히 그를 지켜보는 것, 그것이 그의 천명이었다.

"나는 내 천명에 대해서 깨달아가는 중이다. 그것은 그 누구도 대신해 줄 수 없는 나만의 사명이니 사질은 이 문제에 대해 더 이상 왈가왈부하지 말게."

여립산은 말을 마친 뒤 잠시 생각할 것이 있다며 자리를 피했다.

일행은 그 모습을 보면서도 아무런 말도 할 수 없었다.

법륜은 그가 본 예지의 능 때문에, 해천은 그로 인해 파문이라는 시련을 겪은 백호방주에게 미안한 마음에 더더욱 그랬다.

"이거 분위기가 이상해졌군요. 오늘은 이만하시고 그만 쉬시지요. 앞으로의 일정은 내일 천천히 듣기로 합시다."

해천이 자리를 파하자마자 장산과 사경무가 자리를 정리하기 시작했다.

아무래도 해천이 조부, 혹은 부친과 함께 강호를 주유하던 선배이다 보니 그가 따로 명령하지 않아도 알아서 일을 처리하는 듯싶었다.

법륜은 잠을 청하는 대신 조용히 나무 아래에 자리를 잡았다. 가부좌를 튼 채 금강령주를 풀어내자 격동에 흔들리던 마음이 차분하게 가라앉았다.

'그래, 아직 아무것도 일어나지 않았다. 사숙을 걱정하기 이전에 그런 일 자체가 일어나지 않게 하는 것이 중요해. 그러면 될 일이다.'

고요한 산중에 법륜의 숨소리만이 조용히 울려 퍼졌다.

법륜은 뜬눈으로 밤을 보냈다. 고심에 고심을 거듭해도 뚜렷한 답이 나오질 않았다.

법륜이 한숨을 내쉬며 자리에서 일어날 때, 그를 지켜보던 한 사람이 다가섰다.

"밤을 지새웠나 보오?"

장산이다.

그는 새벽녘부터 검을 휘두르고 왔는지 온몸에 땀이 흥건했다.

날카로운 검기(劍氣)가 그의 몸에서 예기를 발하며 뿜어져 나오고 있었다. 법륜은 가볍게 고개를 끄덕였다.

"생각할 것이 좀 많더군요. 아무리 생각해 봐도 뚜렷한 답은 나오질 않지만."

장산은 고개를 갸웃거렸다.

"굳이 답을 구할 필요가 있소?"

"그게 무슨 뜻입니까?"

장산은 어이가 없다는 듯 법륜에게 되물었다.

"애초에 산을 내려올 때 기련마신이라는 자를 잡아 죽이기 위해 내려왔다고 들었소. 그 사실 하나만으로도 정도에서 벗어났는데 어제부터 계속해서 제자리만 맴도는 것 같아 하는 말이오. 아직도 모르겠소?"

법륜은 장산의 말에 깨달아지는 바가 있었다.

그의 말이 맞았다. 시작부터 정도를 벗어난 법륜이다. 한 번 어긋난 길을 두 번 걷는 것은 쉽다. 하지만 한 번 걸었던 길을 되돌아오는 것은 어렵다. 법륜의 상황이 이와 같았다.

장산의 말처럼 그는 계속해서 제자리만 맴돌았다.

앞으로 나아가고 있다고 굳게 믿고 있었는데 결국 그는 산을 내려오기 전 미숙한 승려 그 이상도 이하도 아니었던 것이다.

"아니오. 이제 잘 아오."

"그렇다면 이제 결정하면 되겠군."

장산은 등 뒤에 걸친 검을 뽑아 바닥에 쿵 하고 내려놓았다. 그 모습이 마치 법륜을 위협하는 것처럼 느껴졌다.

"누가 위인지 한 번은 붙어봐야 억울하지 않을 것 같으니."

*   *   *

당천호는 당가를 천천히 벗어났다.

당가의 경계는 굉장히 넓다. 뭘 잘 모르는 사람들은 당가가 하나의 커다란 장원으로 이루어져 있다 생각하지만 이는 잘못된 생각이다. 당가는 마을을 넘어선 도시 그 자체이다.

당씨 성을 가진 자들의 집성촌.

사람들은 그 집성촌을 가리켜 '당가'라는 두 글자로 부른다. 하나 당천호가 당가를 빠져나가는 동안 어느 누구도 그를 붙잡는 이가 없었다.

그는 애초에 이 사달에서 배제될 수밖에 없는 논외 대상이었다.

무공을 모르는 세가의 대총관이 가주를 살해하고 가주전을 불태웠을 것이라 생각하는 자는 아무도 없는 탓이다.

하나 세가의 대총관이 이런 변고가 있을 때 자리를 비울수는 없는 법.

당천호는 그를 불러 세우는 자들에게 사건의 수습을 위해 태상전(太上殿)으로 간다는 말을 남겼다.

태상전으로 간다는 것은 당가의 전대 가주를 찾아간다는 뜻과 같다. 그런 그의 발길을 붙잡을 수 있는 자는 아무도 없었다. 당천호는 그렇게 유유히 사람들을 지나쳐 당가를 빠져나왔다.

방금 전 사람을 죽인 사람이라고 생각하기에는 지나치게

평범했다.

하나 저들도 곧 알게 되리라.

당가엔 독룡과 암룡, 십수와 십독을 가볍게 짓누르는 독제가 있었다는 것을.

당가의 최고봉이라는 가주마저 짓이겨 터뜨린 남자가 있었다는 것을.

"상당히 귀찮은 문제로군."

당천호는 천천히 걸으며 중얼거렸다.

원한에 의해 당자홍을 격살했다. 그다음은 그 스스로가 선언한 것처럼 천야차와 독안도이다.

하지만 당가를 나서는 순간 그들이 어디에 있는지, 무엇을 하고 있는지 알 길이 없어진다. 정보를 얻을 수 있는 방법이 극히 제한된다는 뜻이다.

"하오문을 뚫어야 하나? 아니면 개방? 개방은 좀 부담스러운데."

당천호는 고심 끝에 하오문을 건드리기로 했다.

개방은 압도적인 방도 수로 온 중원에 그림자를 드리우고 있다.

섣불리 건드렸다간 위험한 일보다 귀찮은 일이 더 많이 생길 것이 자명했다.

반면에 하오문은 상대적으로 가볍다.

하오문도 그 숫자에선 무시 못할 정도지만 개방에 비하면 조족지혈이다. 게다가 대부분이 하류 인생이나 다름없는 민초들이니 상대적으로 상대하기도 쉽다.

당천호는 즉각 결정을 내렸다.

하오문을 추궁해 천야차와 독안도의 위치를 파악한다. 그 둘을 격살한 뒤 모습을 감춘다. 이제 더 이상 강호에 미련 같은 것은 없으니 그대로 은거하거나 중원 곳곳 여행이나 다니며 여생을 보내리라.

"그래, 그러면 되겠지."

당천호는 곧장 성도의 하오문 지부를 찾아갔다.

아직까지 당가의 대총관이란 지위는 유용했다. 하오문 성도 지부장은 당천호를 단번에 알아보고 안으로 들였다.

"늦은 밤에 당가의 대총관께서 이리 발걸음을 하시다니 세상일은 참으로 모를 일입니다."

하오문의 성도 지부장 갈영은 의아하다는 얼굴로 당천호를 맞이했다.

의외가 아닐 수 없었다. 당가는 고래로 사천을 지배하는 가장 큰 세 개의 세력 중 하나이다. 그만큼 정보망도 탄탄하게 갖추어진 곳. 이렇듯 갑자기 오밤중에 정보를 구매하기 위해 찾아올 만한 집단이 아닌 것이다.

"이 야밤이라고 정보가 아니 필요한 것은 아니지 않은가?"

"그도 그렇군요. 우문현답입니다. 그래, 대총관께서는 어떤 정보를 원하시오?"

당천호는 갈영의 말에 가볍게 한마디를 툭 내뱉었다.

"천야차, 그리고 독안도."

"그들은……."

갈영이 도무지 알 수 없다는 얼굴로 천야차와 독안도를 중얼거렸다. 그 둘이 누구인지 몰라서 그런 것은 아니다. 하오문의 한 지방을 책임지는 지부장이란 생각보다 많은 것을 알아야 하는 직책이니까.

그의 의문은 당가의 대총관이 어째서 갑자기 그 둘에 대한 정보를 요구하는가이다. 갈영의 의문은 당연한 것이었다. 아무리 생각해 봐도 당가와 천야차, 그리고 독안도의 연관점을 찾을 수 없었으니까.

"어째서 그들의 대한 정보를 요구하는지 물어도 되겠습니까?"

갈영이 조심스럽게 당천호에게 물었다.

의뢰자에게 정보가 필요한 이유를 묻는 것, 그것은 하수들이나 하는 일임에도 불구하고 묻지 않을 수 없었다. 사안이 제법 심각했기 때문이다.

"하오문이 언제부터 그런 것에 관심이 있었지?"

당천호가 즉각적으로 반응했다.

갈영은 그 대답에 난감한 표정을 지었다. 곤란하게 되었다. 외통수나 다름없다. 천야차와 독안도에 관한 것은 아주 중요하게 다루어지는 정보이다. 그들 뒤에 누가 있는지 아는 까닭이다.

갈영은 난처한 얼굴로 답했다.

얼마 전 감숙 하오문 지부에서 한 통의 서신이 전달되었다. 천야차와 독안도가 마인으로 모함 받았으며 황금포쾌 마운철의 개입으로 진짜 마인이 잡혔다는 것이다.

시기가 너무 공교롭다. 갈영은 그렇게 생각했다.

천야차와 독안도의 소식이 전해지자마자 당가의 대총관이나 되는 인물이 찾아와 그들의 정보를 요구한다? 갈영은 이번 일에 무언가 자신이 모르는 내막이 있다는 것을 깨달았다.

'당가와 소림이라… 도대체 무슨 일이란 말인가?'

갈영은 조그맣게 한숨을 내쉬곤 어쩔 수 없다는 듯 입을 열었다.

"천야차와 독안도에 관한 것은… 대총관께서 생각하시는 것보다 중요한 정보입니다. 대총관께서 그 둘에게 어찌 관심을 가지시는지는 제가 관여할 바가 아니지만 그 뒤에 있는 곳이라면……."

"소림을 걱정하는가?"

당천호가 갈영의 불안감을 단번에 집어냈다.

그렇다. 문제는 그 둘이 아니라 그 뒤에 도사리고 있는 소림이다. 당금에 와서 많은 손해를 보고 있다고는 하나 소림은 소림이다. 그 저력이 결코 가볍지 않으리라는 것은 누구나 예측할 수 있는 일이다.

게다가 소림이 개방에 언질이라도 하는 날에는 하오문은 그 날로 영업을 접어야 한다. 하오문의 세력은 아직 그 정도밖에 안 되니까.

갈영은 결국 솔직하게 답할 수밖에 없었다.

"맞습니다. 그 둘보다 소림이 더 걱정입니다. 소림의 입김은 아직까지 강력하니까요. 그 영향력을 생각해 볼 때 절대 가볍게 넘길 사안은 아니지요."

"그래?"

당천호가 피식거렸다.

우스운 일이다. 제 놈들이 뭐라도 되는 양 앞뒤를 재고 이득을 재단한다. 당천호의 입장에선 그저 하루살이에 불과한 자들이 평계를 대가며 시간을 끈다. 하나 그는 이 장난질에 놀아줄 생각이 전혀 없었다.

"하남에 있는 소림보다 눈앞에 있는 당가가 더 무서울 텐데?"

"지금 협박하시는 겁니까?"

갈영은 당천호의 말에 전보다 강경한 어조로 되물었다.

아무리 사천을 지배하는 당가라지만 정도가 지나치다. 한 지방의 지부를 책임지는 자로서 간과할 수 없는 일이었다.

당천호는 갈영의 말에도 여전히 여유로웠다.

"협박? 내가? 고작 하오문 따위에게?"

당천호가 한 걸음 앞으로 발을 내디뎠다.

그와 동시에 그의 등 뒤에서 아홉 줄기의 살아 있는 독강이 넘실거리기 시작했다.

"협박이라는 것도 격이 맞는 상대에게 해야 협박인 것이지. 하오문 따위에게 감히 협박? 주제를 알아야지."

갈영은 갑자기 변한 당천호의 기도에 숨죽였다.

눈앞에서 넘실거리는 독강이 뱀처럼 갈영의 주위를 맴돌았다. 당천호가 가진 예상 밖의 무위에 갈영은 고양이 앞의 쥐처럼 온몸이 떨려왔다.

"이 무슨……"

"그리고 말이야, 협박을 했으면 진즉에 끝났어. 제대로 해. 좋은 말로 할 때 그 두 놈이 어디에 있는지나 말해. 그러면 아무 일도 없을 테니."

제십구장(第十九章)

사자(死者)

   갈영은 당천호의 단호하고 자신감 넘치는 모습에 할 말을 잃고 말았다. 당천호의 의지는 명백했다. 말하라. 그렇지 않으면 모두 뒤엎어주겠다. 확고한 그의 의지가 자신의 몸을 스스스 스치고 가는 독강을 통해 너무나 확실하게 전달됐다.

   '이자는 미쳤어.'

   당가는 정도 팔대세가에 적을 둔 세가이다.

   엄연히 정도의 무파라는 말이다. 비록 당가가 은원에 확실하고 잔인한 손속을 자주 구사하긴 하지만 정도가 있는 법이다. 지금 당천호의 모습은 정도를 지키는 당가의 무인이라기엔 아득한 차이가 있었다.

게다가 저 무공.

당가의 대총관은 무공을 제대로 익히지 않은 필부라는 소문이 자자했다. 스스로 무공에 재능이 없다며 무공의 연마를 중단했다는 범재, 그것이 당천호였다. 하지만 지금 보여주는 모습을 보라.

'이건 절대에 가까운 자의 무공이 아닌가.'

"빨리 결정해. 시간 없다."

당천호는 빨리 결정하라는 듯 구독연환의 독강을 움직여 갈영의 목을 죄기 시작했다. 강기를 조율해 아무 상처 없이 상대방의 목을 쥔다는 것은 그의 무공이 이미 자신이 측량할 수 없는 경지에 올랐다는 것을 의미한다.

갈영에겐 선택의 여지가 없었다.

"그들은… 얼마 전 감숙을 벗어났소. 목적지는 정확하게 모르지만 방향을 봤을 때… 이곳 사천으로 향하리라 짐작되오."

"사천?"

당천호는 의외라는 듯 되뇌었다.

전혀 생각해 보지 못했다는 듯 그 얼굴에 의문이 가득했다.

"어째서지?"

"무엇이… 말이오?"

갈영의 공포에 물든 목소리가 실내에 자욱하게 퍼졌다.

"그들이 이곳으로 향하는 이유."

"그것은 나도 모르오."

당천호는 잠시 생각에 잠겨 있는 듯싶더니 갈영의 목을 쥔 구독연환을 풀고 돌아섰다.

"뭐, 상관없겠지. 제 발로 찾아와 준다는데. 갈영, 부탁을 하나 하겠다. 내가 잠시간 머물 곳을 준비하라. 그리고 그 둘이 사천으로 들어와 모습을 보이면 즉각 내게 보고하도록. 그러면 이번 일에서 그대는 자유다. 더 이상 핍박하지 않겠다."

"그게 무슨……."

"자세한 것은 몰라도 된다. 단지 내가 말한 것만 철저하게 지켜라. 그게 당신이 할 일 전부다."

당천호는 갈영이 대답하기도 전에 자신의 할 말만 하고 실내를 빠져나갔다. 갈영은 당천호가 장내를 벗어나자마자 제 목을 쓰다듬었다. 상처 하나 없이 깨끗하다. 마치 목을 죄어 오던 독강이 허상이나 환상이라도 된다는 듯 말끔했다.

"당가에서 괴물이 나왔구나."

*   *   *

"그게 무슨 말이오? 억울하지 않다니."

장산은 땅에 박아 넣은 검을 두 손으로 짚었다.

생각 외로 너무 순진하다. 처음 장산이 받은 느낌 그대로였다. 잘생긴 얼굴에 막강한 기도는 가히 영웅의 풍모라 해도 좋았으나, 하는 짓은 영락없는 강호 초출이다. 이래서는 해천을 따라 여기까지 나선 보람이 전혀 없을 것 같았다.

"아직도 모르나? 상당히 늦는군. 해천 공이 왜 우리를 예까지 인도했는지 정녕 모르나?"

법륜이 고개를 설레설레 내저었다.

그저 소식을 전하기 위해 이 먼 길을 달려왔다 생각했거늘 그 외에도 다른 볼일이 있었단 말인가. 파문에 관한 것은 커다란 사안이기에 직접 소식과 내막을 전하는 줄로만 알았다.

"전혀 모르겠소. 어제 말씀하신 것 외에 다른 이야기가 있다면 아직 듣지 못했소."

"우습다. 천하에 이르는 기상과 무공을 지니고 있으면서도 생각하는 것은 아직 좁다란 새장에 갇힌 새와 같다. 똑똑히 들어라. 우리가, 나와 사형이 해천 공을 따라나선 것은 그대 때문이다."

"저 때문이란 말입니까?"

장산이 고개를 끄덕였다.

"사형은 해천 공의 말에 고분고분 따를 것 같다지만 나는 아니야. 애초에 그분이 조부와의 연을 들먹이지만 않았어도 세상에 나오지 않았을 것이다."

"그 말씀은……."

"아직도 모르겠나? 해천 공은 우리를 태영사에 집어넣어 그대의 밑에 두고 싶은 것이다. 과거에 신마를 따르던 이들의 후신이 다시 신마의 자식에게 충성을 맹세하는 꼴이지. 솔직히 말해 마음에 들지 않는다."

법륜은 장산의 말에 표정을 굳혔다.

해천이 자신을 찾아온 이유에 그런 의도가 깔려 있는 줄은 꿈에도 몰랐다. 그저 해천 공의 일을 도와주는 사람들인 줄 알았는데 내막은 전혀 달랐다.

하나 법륜의 의구심은 아직 다 풀린 것이 아니었다.

"그렇다면 거절하면 되지 않겠소?"

그렇다. 원치 않는다면 행하지 않으면 그만이다. 그들에게 강제력을 행사할 만큼 법륜은 염치없지 않았다. 부친인 천주 신마가 죽음으로 내달릴 때 함께해 준 분들의 후손이다.

법륜은 아직 해결하지 못한 일이 많다.

그 과정에서 어떤 위험이 따를지 알 수 없는 일. 당장 예지의 능이 여립산의 죽음을 암시했을 때 그를 돌려보내고자 노력하지 않았던가.

"그것이 말처럼 쉬운 일이 아니야."

법륜의 말에 장산의 눈썹이 꿈틀거렸다.

"나와 사형은 마인으로 낙인찍힌 자들의 후예다. 지금 당장이야 아무런 문제도 없겠지. 허나 내가 강호에 나설 때나 사형이 마인의 자식이라는 것이 알려지기라도 한다면 우리는 똑같은 전철을 밟게 될 것이다. 그것은 그대도 마찬가지다."

"내가?"

법륜이 의문을 표하자 장산은 당연하다는 듯 고개를 끄덕인다.

"당신은 지금 파문당했지. 더 이상 소림의 제자가 아니야. 그런 상황에서 천야차가 천주신마의 자식이라는 소문이 떠돌면 어찌 될 것 같은가? 당금의 맹회주인 검선의 제자도 그 일로 고초를 겪은 마당에 당신이라고 피해갈 수 있을 거라 생각하나?"

"잠깐. 그게 무슨 말이오? 검선의 제자가 고초를 겪다니. 분명 검선의 제자 청인 진인이 맞소?"

법륜이 놀라서 묻자 이번엔 장산의 미간이 다시없을 만큼 찌푸려졌다.

"그것이 중요한가? 어리숙하다. 그리고 지금 당장 무엇이 중요한지조차 모르는 것 같군."

"내게는 중요하오. 그분은 어찌 되셨소?"

장산은 강호에 떠도는 일을 간략하게 법륜에게 설명했다. 그리고 법륜은 다시 한번 깨달았다. 자신의 혈통이 결국은 자신을 옭죄는 목줄이라는 것을.

이미 이십 년이 넘은 일이다. 청인의 경우에는 삼십 년을 훌쩍 넘긴 긴 세월이다. 그런데도 그 꼬리표는 사라지지 않고 그 둘의 인생에 끊임없이 따라붙는다.

"그런가. 이제 알겠소. 당신이 무엇을 말하고자 하는지."

장산이 말하고자 하는 바를 이제야 이해하는 법륜이다.

마인의 자식이라는 낙인은 절대 지워지지 않는다. 장산과 사경무는 앞으로의 일을 걱정했으리라. 쉬운 일이 아니라는 말, 이제 정확하게 알았다.

장산과 사경무는 선택의 여지가 없었던 것이다. 평생을 은 거하며 살아간다면 모르겠지만 부친의 무공을, 조부의 무공을 익힌 이상 언젠가 다른 무인과 부딪치는 것은 피할 수 없는 운명과도 같다.

그 과정에서 그들이 지닌 무공이 드러나는 것은 필연적인 일. 결국 마인의 무공을 익혔다는 것만으로 그들은 마인으로 낙인찍혀 온 강호인에게 쫓기게 될 것이다.

"나를 따라나서면 무엇이 달라지지?"

"좋다. 어느 정도 이해한 것 같군. 당신을 따라나서서 얻을 수 있는 것은 단 한 가지뿐이다."

법륜은 눈을 감았다.

왠지 답을 알 것 같았다.

"명분(名分)."

"잘 아는군. 그렇다. 나와 사형이 가질 수 있는 것은 명분이다. 천주신마와 팔요마가 아니라 소림의 무승을 따라나선 마인의 후예들. 그 정도라면 개인적인 원한은 어쩔 수 없다지만 맹회의 천라지망은 피할 수 있겠지. 소림의 이름값이 있으니."

법륜이 고개를 끄덕였다.

저들로서는 지당한 선택이다. 그리고 왜 장산이 자신과 한 번 붙어보고 싶어 하는지 알 수 있었다. 자존심이 상해서이리라. 사경무의 경우에는 모르겠지만 장산의 경우는 확실히 알 수 있었다.

그는 무인이다.

그것도 극한의 검도를 연마한 검객이다. 절정의 검객이 그저 인연만으로 고개를 숙인다는 것은 쉽게 용납할 수 없는 일이리라.

'그렇다면.'

어울려 주는 게 예의이리라.

"좋소, 그렇게까지 말한다면. 그대가 해천 공을 따라나섰다는 것은 앞으로 강호행을 할 의향이 있다 생각하겠소. 허나 지금 당장은 불가능하오."

"불가능하다?"

"그렇소. 우리는 지금 빠르게 움직여야 할 만한 사정이 있소이다. 사천의 당가가 그 이유요. 우리는 그들과 척을 졌지. 지금 당장 당신과 무공을 겨루기엔 상황이 적절치 않아. 그러니 그것은 다음으로 미룹시다. 대신에……."

법륜이 장산의 또렷한 눈을 직시했다.

"나를 따라나선 것을 결코 후회하지 않게 해주겠소."

진중하게 취해지는 포권이다.

'이자, 결코 가볍지 않다.'

장산이 느낀 무거움, 그것은 법륜의 무공이 아니었다.

장산은 그 모습에서 법륜이 가진 천명과 의기를 읽었다. 비록 그가 조부와 같은 절세의 무인이 아니더라도 알 수 있었다. 그가 지닌 삶의 무게와 책임감이 온몸으로 느껴진 탓이다.

"좋아, 일단은 미루도록 하지. 나도 그 정도 염치는 있는 사람이다. 갑자기 찾아와 명분이 필요하니 붙어보자는 무뢰배는 아니야. 사형에게는 내가 잘 설명하지."

"알겠소. 곧 길을 떠나야 하니 준비해 두시오. 그럼……."

법륜은 등을 돌려 간밤에 야숙한 곳으로 돌아왔다.

해천과 여립산은 이미 자리에서 일어나 정리를 하고 있었다. 사경무만이 오직 꿈속에 빠져 헤어 나오지 못하고 있었다.

"주군."

해천이 돌아온 법륜을 발견하고 인사를 건넸다.

"간밤에 평안하셨습니까? 사숙도 잘 주무셨습니까?"

법륜이 마주 인사를 건네자 해천은 푸근한 웃음으로 법륜을 맞았다. 여립산은 고개를 끄덕이며 손을 휘젓는다. 누군가에게는 편안한 밤이, 그에게는 결코 안락한 밤이 아니었으리라. 법륜은 그렇게 생각했다.

소림에서의 파문, 백호방의 고난, 당가와의 분란, 그리고 남아 있는 한쪽 눈에 대한 구원까지 어느 것 하나 풀어가기에 쉽지 않은 일들이다. 하나 여립산은 결코 그 사실을 겉으로 드러내지 않았다.

그도 아는 까닭이다. 지금 속내를 드러내 봐야 자신만 조급한 사람이 될 뿐이라는 것을. 이런 일은 천도를 밟아 하나씩 해결해야, 후일 분란이 생기지 않는다는 것을 잘 알기 때문이다.

법륜은 여립산에게 다시 한번 고개를 숙이고 해천을 바라보았다.

"해천 공, 잠깐 말씀을 좀 나누고 싶습니다."

"음."

해천이 묵직한 침음을 흘리며 법륜을 따라나섰다.

해천은 간밤에 법륜의 기척이 전혀 느껴지지 않은 것으로 보아 그가 뜬눈으로 밤을 지새웠다는 것을 알 수 있었다. 지금의 복잡한 심경을 토로하기 위함인지 법륜을 바라보는 해천의 눈빛이 복잡했다.

"해천 공."

법륜은 등을 돌리지 않고 해천을 불렀다.

"말씀하시지요."

"장 형과 사 형에 관한 일을 어찌 제게 언질해 주시지 않으셨습니까?"

해천은 당황한 얼굴로 말을 얼버무렸다.

장산과 사경무에 관한 일은 중요한 일이다. 그들이 마인의 자식인 것을 떠나 해천이 그 둘을 법륜만큼이나 소중하게 생각하는 까닭이다. 한때 피를 나눈 전우(戰友)의 후예. 해천은 결코 그들에게 소홀히 할 수 없었다.

"그 두 사람은……."

해천은 무슨 말을 해야 할지 몰라 얼버무렸다.

어찌 말을 전해야 할까. 그 둘은 해천에게 법륜만큼이나 소중한 존재이다. 게다가 그는 법륜에게 결코 감출 생각이 없었다. 다만 해천은 확실히 해야 한다고 생각했을 뿐이다.

주군을 모신다는 것은 그런 것이다.

한 번 정하면 되돌릴 수 없는 것. 목숨을 걸고서라도 그 운명과 인연을 지켜야 하는 것. 그 옛날 여러 번 주군을 바꾸던 간신들과 달리 그에게 주군이란 것은 결코 바꿀 수 없는 존재인 탓이다. 그것이 해천이 생각하는 주종 간의 관계였다.

"제게는 굉장히 중요한 사람들입니다. 이렇게 다짜고짜 예를 갖추지 못하고 드릴 말씀은 아니라고 생각했기에 어제 말씀드리지 않았습니다. 그저 때가 되면 정식으로 고하려 했지요. 그 점이 주군을 심려케 만들었다면 송구합니다."

"그것을 말하고자 하는 것이 아닙니다."

법륜은 등을 돌린 채 고개를 세차게 저었다.

법륜이 말하고 싶은 것, 그것은 그의 명분이었다.

"그 두 분은 결코 그렇게 끌어들여서는 안 되는 분들입니다. 제 아버지를 모시던 분들의 후예라고 해서 반드시 저를 모셔야 하는 것도 아닙니다. 공께서는 단지… 그 두 분이 어떻게 사는지, 또 살면서 어려움은 없는지 그것을 살피셔야 했습니다. 이렇게 제 일에 끌어들이는 것이 아니라."

법륜의 단호한 말에 해천은 고개를 푹 숙였다.

그도 알고 있었다. 하나 참을 수 없었다. 팔요마 중 후인을 남긴 것은 단 둘뿐이다. 검마 장요와 구절편마 사진도. 팔요마는 그렇게 목숨을 잃어서는 아니 되었다. 적어도 후인이라도 남겨 그들을 추억하고 그 뜻을 이어가게 해야 했다. 해천은 그것이 안타까웠다.

함께한 기억이 너무 강렬한 탓이다.

천주신마와 팔요마가 세상을 질타할 때 느낀 그 호쾌함과 자유로움이 그리웠다. 그래서 법륜의 천명에 두 사람을 끌어

들였다. 비록 여덟은 아니지만 그 둘이라면 법륜의 좌우에서 다시 한번 멋지게 세상을 질주할 수 있을 것 같았다.

"맞습니다. 제 욕심으로 그 두 사람을 끌어들였습니다. 그 것은 제 잘못입니다. 허나 저는 후회하지 않습니다. 주군께서 저를 비난하신다 해도 할 수 없는 일. 그 두 사람이 가진 천 명은 결코 이름 모를 산중에서 홀로 썩어가거나 저자의 왈패로 스러질 수 없는 운명입니다."

"그것은… 그것은 욕심입니다. 해천 공의 욕심이고 또한 제 욕심입니다."

법륜은 등을 돌렸다.

여전히 고개를 숙이고 있는 해천의 모습이 들어왔다. 저 작고 앙상해진 어깨로 이십 년이 넘는 세월을 홀로 버텨왔다. 그것도 소림에서 악명이 자자한 항마동에서 빛 한 줌 못 받은 채로.

법륜은 그가 안쓰러웠다.

악마의 길을 걸어가고 있는 법륜이지만 지금만큼은 그도 한낱 인간에 불과했다.

"장 시주가 제게 그러더군요. 자신은 해천 공을 따라나서면서 명분을 얻었다고. 솔직히 말해서 그 순간 흔들렸습니다. 장 시주의 무공, 보통이 아니더군요. 겨뤄보지 않아도 알 수 있습니다. 사 시주의 무공은 아직 많이 부족한 듯싶지만……"

법륜이 말을 끌었다.

해천의 침을 삼키는 소리가 귓가에 선명하게 들린다.

"솔직히 탐이 나더군요. 승려란 본디 모든 욕망을 끊어내는 것에 수행의 중점을 두는데… 저는 승려가 될 자격이 부족한 사람인가 봅니다."

법륜이 해천의 옆으로 다가섰다.

단단한 두 손으로 해천의 양어깨를 부여잡았다. 해천이 그 흔들림에 혼란스러운 눈으로 법륜을 바라보았다.

"나는 강호에 나와서 많은 적을 만들었습니다. 세가의 이공자를 잃은 구양세가부터 저로 인해 절멸하다시피 한 청해오방, 당가, 그리고 청해성에 있는 마신까지. 제게는 힘이 필요합니다. 홀로 모든 것을 감당할 수 있다면 좋겠지만 제가 아직 부족한지 힘에 겹습니다. 그 두 분은 필시 많은 도움이 되겠지요. 허나……."

법륜의 안광이 해천의 눈을 파고들었다.

해천은 법륜의 눈빛에서 느껴지는 바가 있었다. 이 어린 주군은 방법을 말하고 있는 것이다. 이렇게는 안 된다. 이렇게 전대의 인연을 빌미로 둘을 끌어들이는 것은 잔인한 일이라 말하고 있었다.

"해천 공의 방법은 제가 생각한 것과는 다릅니다. 나는… 아니, 나와 부친은 그분들에게 은을 입었습니다. 그 은을 먼저 갚아야 하는 것이 순서입니다."

"그래서 어찌하시렵니까? 이들을 그대로 돌려보내기라도 하시겠습니까?"

법륜이 고개를 저었다.

"아닙니다. 보여줄 겁니다. 내가 누구인지, 내 부친이 어떤 사람이었는지 나를 통해 보여줄 겁니다. 팔요마라 불리던 분들이 왜 아버지를 그토록 따랐는지 느끼게 해줄 겁니다. 또 있습니다. 그들이 원하는 일을 해줄 겁니다. 은혜를 갚고 당당히 청하겠습니다. 내 힘이 되어달라고. 그것이 순서이고 제가 생각하는 정도(正道)입니다."

"그렇… 습니까."

해천은 허망한 눈으로 법륜을 응시했다.

이런 생각을 하고 있을 줄은 전혀 몰랐다. 그들이 안타까워 벌인 일에 법륜은 하룻밤 만에 저렇게 깊은 생각을 하고 있었다.

'많이 성장하셨군요, 주군.'

해천은 감격스러운 눈으로 법륜의 성장에 감탄했다.

"해천 공, 이번 일은 제가 알아서 해결할 터이니 이만 돌아가 준비를 하시지요."

법륜은 해천을 그대로 둔 채 걸음을 옮겼다.

생각할 것이 많을 것이다. 법륜 또한 그러했으니까.

그 역시 아직 자신의 선택에 확신이 서질 않은 상태였다.

'차차 결정해 가면 되겠지.'

앞으로 어찌 될지 아직 모르는 일이다.

장산과 사경무가 그를 어찌 생각할지, 후일 자신을 따를지
도 미지수다. 그저 마음을 다할 뿐이다. 마음을 다해 진심을
전하면 그만이다. 법륜은 다시 야숙하던 장소로 돌아왔다.

장산과 여립산, 어느새 일어난 사경무까지 법륜을 기다리고
있었다. 방금 전 대화를 나눈 장산의 눈이 가늘게 뜨였다. 해
천은 장산에게도 꽤나 마음에 두고 있는 인물, 그를 핍박했다
면 결코 좌시하지 않을 생각이다.

"사질, 대화는 잘 끝났나?"

여립산이 묻자 법륜이 고개를 끄덕였다.

아직 확정된 것은 없지만 잠정적인 결론을 내렸다. 이제 다
시 달릴 일만 남았다.

"해천 공이 돌아오는 즉시 길을 떠나도록 하지요. 먼저 준
비하겠습니다."

법륜이 여장을 꾸리자 여립산과 장산 등이 물끄러미 그를
쳐다본다. 그들도 궁금한 것이다. 해천은 앞으로의 행로를 결
정할 중요한 인사, 그와 법륜의 어떤 대화를 나누었는지에 따
라 행로가 결정되리라.

해천은 지난밤 야숙한 곳으로 돌아오자마자 몰려드는 시선

에 당혹스러운 표정을 지었다. 하지만 그는 자신이 해야 할 일을 잊지 않았다. 지금은 의문에 일일이 답해주는 것보다 앞으로의 일을 논의하는 것이 옳았다.

"일단 저는 여기에서 빠지는 것이 좋겠습니다."

해천이 주변을 돌아보며 말하자 모두 고개를 끄덕이며 수긍했다. 해천은 무공을 소실한 뒤 일반인이나 다름없으니 일행을 좇아 사천에 접어들기엔 무리가 따른다.

"사경무는 나를 따라오고 장산은 주군을 보필해라."

해천이 사경무와 장산을 차례로 돌아봤다.

사경무는 수긍한 듯 고개를 끄덕였지만 장산은 그 명령이 불만인 듯 인상을 찌푸렸다. 해천은 장산에게 입을 벙긋거렸다.

'따라가. 그리고 봐라. 저 사람이 어떤 사람인지.'

해천이 내린 결정은 장산에게 선택권을 주자는 것이었다.

스스로 직접 보고 느낀다면 법륜이 어떤 사람인지 그 스스로도 충분히 알 수 있을 터. 그렇다면 따르지 않을 수 없으리라 판단한 해천이다. 그렇기에 그에게 선택권을 주었다.

'그래도 따르지 않겠다면… 그것 또한 운명이겠지.'

해천은 하늘을 올려다봤다.

해가 높이 떴다. 너무 시간을 지체했다. 여기서 더 미적거리는 것은 시간 낭비였다. 해천은 곧장 짐을 챙겨 떠나갔다. 그는 떠나기 전 법륜에게 한마디 남기고 갔다.

"장산 스스로 판단하게 두겠습니다. 이제부터는 오직 주군의 몫이니 건투를 빌겠습니다. 이번 사천행을 마무리 지으면 바로 청해로 가실 거지요? 훗날 소림에서 안온하신 모습으로 뵙길 기원하겠습니다. 그럼……"

그렇게 두 사람은 떠나갔다.

둘이서 행동할 때와는 느낌이 또 달랐다. 하룻밤이지만 두 사람이 빠져나가자 의외로 빈자리가 크게 느껴졌다.

"사질, 어서 출발하지. 너무 늦었어."

법륜이 텅 빈 듯한 공허감을 느낄 때 여립산이 그를 일깨웠다.

"사숙의 말씀이 맞습니다. 지체할 시간이 없겠습니다. 빠르게 이동하지요."

법륜은 장산을 주시했다.

그가 제대로 따라와 줄 수 있을지 모른다. 하나 그가 원하는 것이 무공에 관한 것이라면 얼마든지 보여줄 요량이다. 하나부터 열까지 원하는 것은 모두 충족시켜 주리라.

"그럼 출발하지요."

일행은 빠르게 산길을 벗어났다.

이전에는 체력을 안배하기 위해 속도를 조절해 왔다면 지금은 말 그대로 질주하기 시작했다. 순식간에 스쳐 지나가는 나뭇가지들이 시야를 어지럽혔다.

장산은 얼굴 옆으로 쏟아지는 나뭇가지를 이리저리 피하며 앞으로 달려나갔다. 그는 충분히 자신이 있었다. 홀로 닦아온 무공이라 비교할 대상이 없다지만 그 역시 유형화된 검기를 뿜어낼 수 있는 절정의 고수였다.

하지만 그런 장산의 자신감도 곧 바닥으로 떨어지고 말았다. 그의 눈앞에 펼쳐진 정경, 그것은 경이에 가까운 모습이었다. 법륜과 여립산, 강호에 천야차와 독안도로 이름을 날린다는 사실은 진즉부터 알고 있었지만 이 정도로 차이가 날 줄은 몰랐다.

법륜은 단걸음에 오륙 장씩 앞으로 치고 나갔다. 우거진 나무들이 길을 가로막고 있음에도 방향 전환이 자유자재다. 방향을 바꾸는 와중에도 속도가 전혀 줄어들지 않으니 장산과의 거리는 계속해서 멀어져만 갔다.

여립산은 또 어떠한가.

그는 법륜과 달랐다. 그의 발걸음은 무거움의 극치였다. 속도 면에선 법륜의 신법보다 조금 떨어져 보였으나, 그 역시 밟아내는 진각이 심상치 않았다.

'막을 수 있을까?'

단지 신법이었다면 이런 생각을 하지도 않았으리라. 법륜이, 그리고 여립산이 저 속도로 주먹을 내치고 도를 뻗어온다면 장산은 영문도 모른 채 비명횡사할 판이다.

어젯밤 법륜에게 일침을 가한 것이 부끄러웠다.

'이렇게나 차이가 났나? 정작 아무것도 모르고 있는 쪽은 이쪽이었구나.'

장산의 눈이 시퍼렇게 빛났다.

이대로 주저앉기엔 한 명의 무인으로서 부끄러운 일이다. 부족함을 알았으면 채우면 된다. 이쪽이 우물 안 개구리였다면 진심으로 사죄하면 된다.

그런데 왜일까.

그렇게 생각하는 와중에도 그의 마음 한편에 씻을 수 없는 패배감이 짙게 드리우고 있었다. 이대로 그에게서 벗어날 수 없을 것 같아 가슴이 답답했다.

"우와아아아!"

장산이 고함을 지르며 앞으로 달려나갔다. 조금씩 빨라지는 발이다. 장산의 고함에 법륜과 여립산이 몸을 움직이면서도 장산 쪽을 돌아본다. 이해할 수 없다는 듯 고개를 갸웃거리지만 고함의 당사자는 그저 앞으로 최선을 다해 내달릴 뿐이다.

'자극받은 모양이군.'

여립산이 달리면서 고개를 끄덕였다.

그는 훌륭한 검사다. 그것은 기세만 보아도 알 수 있었다.

게다가 아침 댓바람부터 수련을 게을리 하지 않았다. 언젠가 계기가 생기면 앞으로 폭발적으로 치고 나갈 수 있는 사람이다. 그 잠재력을 몸속에 차곡차곡 쌓고 있기 때문이다.

여립산은 장산을 보며 슬슬 법륜이 한 말의 의미를 되새겼다. 이제는 백호방으로 돌아가라는 말. 그도 충분히 이해하고 있었다.

괴물 같은 무공과는 달리 순박한 사질이 아닌가. 이제 자신이 필요 없어서가 아니라 너무 먼 길을 돌아왔으니 제자리를 찾아가는 것이 옳다고 말하고 있는 것이다.

'그래, 저 친구가 나 정도만 해준다면… 그것도 생각해 볼 만하겠다.'

여립산은 달리는 와중에 마음을 다잡았다.

사질과 함께하는 것은 청해의 마신을 잡을 때까지이다.

그 이후라면 사질은 이미 천하(天下)에 근접한 남자가 되어 있을 게다. 그러면 자신은 아무 미련 없이 그 곁을 떠날 수 있으리라.

'그때까지… 아무 일 없기를……'

세 사람이 몸을 날리는 소리만이 공허한 숲에 가득했다.

먼지구름이 휘날렸다.

세 사람은 거대한 성도의 성벽을 보며 침을 꿀꺽 삼켰다.

축국의 대지. 천하를 꿈꾸던 기상을 품은 영웅들의 숨결이 살아 숨 쉬는 곳. 법륜과 여립산, 마지막으로 장산은 거친 숨을 몰아쉬며 옷에 묻은 먼지를 팡팡 털어냈다.

"쉴 새 없이 달렸군."

여립산이 호흡을 가라앉히자 곧 죽을 것 같은 표정이던 장산도 지지 않겠다는 듯 억지로 숨을 고른다. 오직 법륜만이 한두 번의 호흡으로 몸을 정상으로 돌려놨다. 그 모습을 본 장산이 또 한 번 얼굴을 꿈틀거렸다.

이상한 곳에서 경쟁심을 불태우는 남자다.

법륜은 그런 그를 철저하게 무시했다. 그의 마음을 얻는 것과는 별개로 이런 신경전을 하나하나 받아주기엔 그가 짊어진 것이 너무 많았다.

"일단 여장부터 풀도록 하지요. 당가와 척을 졌다지만 이렇게 사람이 많은 곳에서 대놓고 공격하지는 못할 겁니다."

"그러지. 사질과 장 형제는 먼저 자리를 잡고 여장을 풀게. 그래도 되도록 외곽이 낫겠지. 그래야 만일의 사태에 치고 빠지기 편할 터이니."

"사숙께서는?"

여립산은 법륜을 향해 조용히 전음을 보냈다.

[하오문에 다녀오려고 하네. 금의위 조 대주에게 맡기긴 했지만 결과가 어찌 됐는지는 알아야지.]

[제 생각이 짧았습니다. 알겠습니다. 말씀하신 대로 외곽에 자리 잡고 기다리겠습니다. 아마 하오문에서도 신경을 곤두세우고 있을 테니 사람이 따라붙겠지요. 잘 찾아오시리라 믿습니다.]

[알겠네.]

여립산은 가볍게 고개를 끄덕여 보이곤 등을 돌려 인파 사이로 사라졌다. 장산은 그 모습을 보며 어딜 가냐는 듯 법륜을 툭 건드렸다.

"잠시 볼일이 있어 그러시니 신경 쓰지 마시오. 우리는 외곽에 먼저 자리를 잡고 사숙을 기다립시다."

"볼일이라니?"

두 사람은 걸음을 옮겼다.

성도에 들어서자마자 볼일이 있다면서 따로 빠진다는 것은 성도에 들어선 처음부터 그럴 계획이 있었다는 말이다. 누구에게 쉽게 털어놓을 수 없는 민감한 문제이다 보니 법륜의 신경이 곤두섰다.

"그럴 일이 있소. 그보다 계속 그럴 겁니까?"

법륜의 물음에 장산이 영문을 모르겠다는 듯 어깨를 으쓱였다. 법륜은 그 모습에 한숨을 쉬고 말았다. 갚아야 할 것이 있다지만 계속해서 이런 식이면 그도 더는 신경 쓸 여력이 없다.

"후우, 확실하게 합시다. 한번 붙어보고 싶어서 그러는 것 같은데 나 역시도 그 일은 필요하다 생각하니 더 걸고넘어지지 않겠소. 하지만 아직은 아니오. 자리를 잡고 그쪽이 원하는 대로 한번 해봅시다."

장산은 그 말에 어깨를 들썩였다.

법륜이 마음에 들어 하는 눈치는 아니지만 그로서는 바라 마지않는 일이다. 그 청을 법륜이 들어준다고 하니 방금 전 치솟던 궁금증은 저 멀리 달아나 버린 지 오래였다.

"그 말이 정말이오?"

"그렇소. 일단 여장부터 풉시다."

장산은 드디어 기회가 왔다는 듯 등 뒤에 매달린 검을 손끝으로 쓰다듬었다. 날카롭게 벼려진 예기가 손가락을 벨 것처럼 번뜩였다. 번뜩이는 검날만큼 그의 마음가짐도 날카롭게 변하고 있었다.

장산은 저만치 멀어지는 법륜의 등 뒤를 좇았다.

이제 조금 있으면 며칠간 가슴에 품어온 염원을 풀 수 있으리라.

"한번 해봅시다."

*　　　　*　　　　*

여립산은 하오문 성도 지부에 발을 들였다.

감숙에서 하오문 지부를 찾아갔을 때와는 달리 장소평에게 위치와 접촉 방법을 미리 들은 터라 생각보다 쉽게 찾아올 수 있었다. 거기다 생각하던 것과 다르게 그를 반기고 있는 듯한 느낌마저 들었다.

'이거 이상한데.'

확실히 이상했다.

장소평의 소개장이 있다고는 하지만 하오문에서 그는 고객 그 이상도 그 이하도 아니다. 그런데 이렇게 두 팔 벌려 환영한다? 그간의 경험을 비추어볼 때 이는 절대 좋은 일이 아니었다. 그에게 무언가 원하는 것이 있다는 게다.

그것이 무엇인지 모르니 여립산은 더 조심스러워졌다.

기감을 널리 퍼뜨리고 언제든 백호도를 뽑아낼 수 있도록 손의 위치를 조정했다. 일이 생기면 바로 뽑아 들고 베어버릴 기세다.

언제든 폭발적으로 도를 내칠 준비가 되었다.

'안쪽에… 생각보다 사람이……'

여립산은 자신의 걱정이 기우이길 바랐다.

하오문에 대해 많은 것을 알지는 않지만 지부장실에 평소에도 저렇게 많은 사람이 모여 있지는 않으리라. 여립산은 일이 잘못 돌아간다는 것을 깨달았다. 하나 그는 발길을 돌리지 않왔다.

낭아감각도라는 천고의 무공이 아직은 괜찮다고 그를 다독인 탓이다.

'걱정할 만한 고수는 없는 모양이로군.'

여립산은 조심스럽게 걸음을 옮겼다.

기감에 특별히 눈에 띄는 자는 없지만 조심해서 나쁠 것은 없었다. 강호란 언제나 위험이 도사리는 곳. 언제 어디서 목숨을 위협할 변수가 생겨날지 모른다. 여립산은 자세를 낮추고 발을 끌면서 앞으로 나아갔다.

하나 그의 걱정과는 달리 지부장실에 도달할 때까지도 별다른 일은 벌어지지 않았다. 문이 열리자 갈영과 수하들이 넓게 포진한 채 여립산을 기다리고 있었다.

"하오문 성도 지부장."

"미력하게나마 하오문 성도 지부장을 맡고 있는 갈영이오. 독안도 여립산 맞소?"

여립산은 반사적으로 도를 뽑아 휘둘렀다.

이상한 낌새가 너무 짙었다. 자신이 누구인지도 알고 있고 지부장의 수하들이 포진한 채 그를 노려보고 있으니 결코 좋은 의도로 그를 기다린 것은 아니리라. 번개같이 휘둘러진 여립산의 도에 주변에 있던 하오문도들이 튕겨져 나갔다.

여립산의 기감에 걸린 것처럼 눈에 띄는 고수는 없었다. 빠르게 휘두른 도에 튕겨 나가 신음을 흘리는 하오문도들이 눈에 들어왔다. 연유를 알 수 없으니 거침없이 살수를 쓸 수 없었다.

"나를 기다렸군. 이유가 뭐지?"

갈영은 조금 놀란 눈으로 여립산을 응시했다.

하오문도가 무공보다 다른 것의 수련에 더 힘을 쏟는 자들이라지만 일수에 이렇게 수 명이 튕겨 나갈 줄은 몰랐다.

'생각보다 위험하겠다. 그가 어서 오기만을 바라야겠군.'

갈영은 뒤쪽으로 물러났다.

"맞소. 당신을 기다렸지. 그대를 보고자 하는 분이 계시오."

"나를 기다렸다? 하오문은 손님 대접을 이런 식으로 하는 모양이지?"

"음."

갈영은 무겁게 침음을 흘렸다.

이번 일이 하오문 총단에 들어가면 자신은 좌천될 것이 뻔했다. 하지만 자신이 개입하지 않는다면 좌천이 아니라 인생을 하직한다. 기호지세다. 선택의 여지가 없는 일이었다.

"그것은 미안하게 되었소. 허나 나 같은 범부가 살아남기 위해서라면 무슨 일이든 해야 하지 않겠소. 양해해 달라는 말은 하지 않겠소. 나도 염치가 있으니. 허나 이해해 주시오."

"그런가."

여립산이 고개를 끄덕이자 갈영은 수하들을 물렸다.

그가 더 이상 손을 쓰지 않을 것이라는 확신이 들었다.

"하나 묻지. 나를 보고 싶어 하는 사람이 있다고? 그게 누구지?"

"그분은 곧 오실 거요. 조급해하지 마시오. 그보다 이곳으로 직접 찾아올 줄은 몰랐소. 주시하고 있기는 했지만."

갈영이 이러지도 저러지도 못하는 답답한 심정으로 말하자 여립산은 고개를 갸웃거렸다. 하오문이 주시하고 있었다? 전혀 알지 못한 사실이다. 더군다나 그 연유조차 알 수 없으니 모든 것이 의문투성이다.

"왜지?"

"그것은 말할 수 없소. 연유에 관해선 찾아오실 분이 답해주실 거요. 다만 그대가 찾아온 연유는 있을 터. 아직 시간이 있으니 그 의문이라도 풀어드리리다. 그리고… 이렇게밖에 할 수 없는 나를 용서하시오."

"용서라……. 찾아온다는 이가 좋은 뜻을 가지고 오지는 않겠군."

선자불래(善者不來) 내자불선(來者不善)이라.

선한 자는 오지 않고 온 자는 선한 자가 아니다. 여립산은 갈영의 말에 오늘 일에 득(得)보다 실(失) 많겠다는 생각이 들었다.

"좋다. 예까지 와서 원하는 것을 얻지 못한다면 그것보다 실망스러운 일은 없겠지. 내가 원하는 정보는 두 가지다. 첫 번째는 황금포쾌의 행적, 그리고 구양세가의 이공자 구양선에 관한 정보다."

"황금포쾌와 주화마인이라……."

갈영은 짧게 자른 수염을 가다듬었다.

이미 자신들이 모두 해결한 일에 대한 답을 구한다. 갈영은 여립산의 질문에 자신이 모르는 무언가가 더 있음을 직감했다.

"알려진 것보다 우리가 모르는 부분이 더 있나 보군."

갈영이 짧게 대꾸하자 여립산은 고개를 끄덕였다.

그의 반응은 예상한 바다. 하오문의 정보 교류는 워낙 은밀하고 신속하게 진행되는 터라 황금포쾌와 구양선에 관한 정보가 당연히 전해졌으리라 생각했다.

"그렇지. 나는 황금포쾌의 제자에 관한 이야기가 듣고 싶다."

"황금포쾌의 제자라… 금룡을 말하나 보군."

금룡(禽龍).

황실의 일원이 아니기에 금룡(金龍)이라는 표현을 쓸 수 없으니 금룡(禽龍)이라 불린다. 하오문에 쌓인 정보로는 그의 무력이 이미 황금포쾌에 필적한다고 여겨지는 남자다. 거기에 더해 그는 처형자다. 그래서 붙은 별호가 금룡수사이다.

"금룡수사(禽龍殊死) 조비영이라… 그가 감숙에 있었나?"

갈영이 고심하는 듯하더니 눈을 번뜩였다.

갈영이 눈으로 묻자 여립산은 고개를 까닥거렸다.

'모르고 있다? 행적을 지운 모양이군. 그렇다면 둘 중 하나 인데.'

마의를 무사히 구출해 종적을 감추고 움직이는 경우.

두 번째는 아직 마의의 행방을 발견하지 못해 몸을 숨긴 채 잠행을 하고 있는 경우이다. 전자라면 여립산이 더 이상 신경 쓸 필요도 없겠지만 후자라면 문제가 된다. 여립산은 한 걸음 더 나아갔다.

"하오문도 이제 다되었군. 의뢰자에게 답을 구하다니."

미세하지만 딱딱하게 굳은 갈영의 얼굴이 보였다. 낭아감각 도로 증폭시킨 시각으로 간신히 잡아챈 표정 변화이다. 하나 금세 격동을 가라앉히는 것을 보니 정보를 얻어내는 것이 쉽지 않겠다고 생각했다.

"뭐, 좋다. 말 못할 이유도 없겠지. 그래, 그가 감숙에 있었다. 황금포쾌와 함께 금의위를 이끌고 있더군. 나는 그에 대한 정보를 원한다. 얼마나 걸리지?"

여립산은 가진 정보를 모두 풀었다.

갈영의 굳은 눈동자가 여립산의 도신에 비쳤다. 하나 그가 원한 답은 갈영의 입에서 나오지 않았다.

"그 정보를 지금 당장 얻어도 너는 건질 게 없다, 독안도."

'언제……!'

여립산은 뒤에서 들리는 목소리에 반사적으로 백호도를 뒤로 뻗었다. 창졸간에 뻗어낸 도격이지만 그 위력만큼은 누구도 쉽게 받아낼 수 없을 만큼의 내력을 실었다.

하나 그의 도는 더 이상 뻗어 나갈 길을 잃고 말았다.

여립산은 그의 내력을 가득 머금은 백호도의 도신을 한 손으로 가볍게 쥔 채 싸늘한 미소를 짓고 있는 한 남자를 보게 되었다. 녹색의 무복, 그리고 녹피 장갑.

"당가… 당가가 어째서……"

여립산의 당황 섞인 외침만이 그의 심정을 대변해 주고 있었다.

당천호는 강기를 머금은 도를 놓더니 가볍게 손가락을 튕겨냈다.

쩌어어엉!

가볍게 쳐낸 손가락질에 백호도가 휘청거렸다. 여립산은 당가 무인이 쳐낸 지력에 흔들리는 도 끝을 부여잡았다. 처음엔 말도 안 되는 일이라 생각했다. 눈앞에 보이는 사내의 나이는 고작해야 서른 남짓. 그 나이 또래에 법륜 의외에 자신의 도를 이렇게 처참하게 물릴 수 있는 남자가 있다는 것을 쉽게 믿을 수 없었다.

"무턱대고 칼질을 해서야 쓰나. 뭐, 칼을 쓰는 것을 보니 안 봐도 알겠다. 네놈이 충분히 가능하리라는 것을."

"가능하다니, 그게 무슨 말이냐?"

여립산은 흔들리는 도를 바로잡으며 태세를 정비했다. 쉽게 볼 수 없는 남자다. 무공의 수련이란 각고의 노력이 필요한 것. 순식간에 세를 불리는 마공이 아니고서야 저 나이에 이런 무력을 쌓았다는 것이 이미 당천호가 천하에 다시없을 기재라는 것을 깨닫는 여립산이다.

"의뭉을 떤다……. 소림, 그렇게 안 봤는데 참으로 치졸하다. 어찌 이런 자가 소림의 제자일 수 있단 말인가? 아, 그래서인가, 파문당한 것이?"

여립산은 당천호의 파문이란 단어에 민감하게 반응했다.

아직까지 그 자신을 소림의 제자라 생각하는 바, 소림도 어쩔 수 없는 상황에서 파문을 선택했지만 지금 이 순간에도 그는 소림의 제자였다.

"나를 모욕하는가, 당가의 무인이여?"

당천호는 여립산을 향해 펼친 격장지계가 잘 먹혀들지 않자 진한 미소를 지었다.

"모욕이라……. 모욕이라면 오히려 이쪽이 당했다. 왜 방해했지?"

"방해라니, 그게 무슨 말이냐?"

"감숙에서 당가의 행사에 훼방을 놓았다 들었다. 한 가문이 한 사람에게 당해 일을 망쳤다. 그것은 모욕을 넘어서 치욕이다."

"허, 그 일 때문이었나, 나를 기다린 것이?"

여립산이 갈영을 돌아보자 갈영은 그의 눈길을 피해 버렸다. 아직 본론은 시작도 안했다.

"단지 그것뿐이었다면 내가 나서지도 않았겠지. 그래서 묻겠다. 왜 죽였나?"

여립산은 당천호의 말에 괴상한 표정을 지었다.

그제야 그가 자신을 기다린 이유를 정확하게 알아냈다. 그의 얼굴 모양, 이목구비, 그가 얼마 전 본 남자와 너무도 닮았다. 독룡 당천후. 당가 최고의 후기지수라는 아해와 똑 닮은 자.

"당가에 젊은 나이에 세가의 총책이나 다름없는 대총관의 자리에 오른 남자가 있다는 것을 들은 적이 있다. 단지 그뿐이었다면 신경 쓰지도 않았겠지만… 그의 동생이 독룡이라면 이야기가 달라지지. 앞으로 세가의 중추가 될 인물이었으니."

"그래, 내가 독룡 당천후의 형 당천호다. 다시 묻겠다. 왜 내 동생을 죽였지?"

당천호는 여립산이 당천후를 죽였을 것이라 확신했다.

그가 도를 휘두르는 모습만 보아도 알 수 있었다. 동생 당천후는 결코 그의 십초지적도 되지 못한다. 작정하고 살수를 뿜으면 순식간에 목숨이 끊겼을 터이다.

"나는 그를 죽이지 않았다."

여립산은 당천호의 확고한 어조에 고개를 내저었다.

"오해는 사양이야. 우리가 당가의 무인들과 부딪친 것은 사실이지만 결코 살수(殺手)는 쓰지 않았다. 그럴 의도도, 그럴 이유도 없어. 다만……."

"다만?"

"손을 쓴 자는 알고 있지. 그 답을 원한다면 알려줄 수도 있다. 분명하게 말하는데 우리는 아니야."

여립산이 확고한 어조로 말하자 당천호는 비릿한 웃음을 지었다.

"그 말을 믿으라는 건가? 독안도 그대의 명성은 이 사천 땅에서도 전해 들었다. 당가의 백년대계를 처참히 망가뜨린 자. 그 일로 상당한 곤욕을 치렀다고 들었다. 그에 대한 앙갚음이라면 앞뒤가 맞지 않나?"

"그렇겠지. 그쪽이 아는 것만 따졌을 때는."

"그래, 그럴 수도 있겠지. 하지만 내가 원하는 대답은 그런 것이 아니었어. 너는 사죄부터 해야 했다."

"사죄?"

여립산의 미간이 꿈틀거렸다.

당천후를 자신과 사질이 죽였다고 단단하게 믿고 있는 듯했다. 어떤 말을 해도 그를 납득시키기엔 어려워 보였다.

'불필요한 싸움은 피하고 싶은데……'

사천에 들어서면서 당가와 부딪칠 것이라는 생각은 확고히 있었다. 그들이 감숙 땅에 흩뿌린 계책, 못해도 천문학적인 금액과 시간이 소요되었으리라. 그래서 적당한 선에서 치고 빠지면서 상황을 조율하려 했다.

"그래, 사죄. 이제 와서 당가의 행사 따위 내 알 바 아니다. 당가의 백년대계가 무너졌다? 세가의 주축이라는 십수와 십독이 반병신이 되어 돌아왔다? 그딴 것은 상관없어."

당천호가 한 발을 내딛자 그의 등에서 아홉 줄기의 독강이 솟아났다.

"너는 내 동생의 죽음에 사죄부터 해야 했다."

여립산은 엄청난 기파를 뿜어내는 살아 있는 독강을 마주하곤 침을 꿀꺽 삼켰다. 생각하던 것 이상이다. 싸우면 적어도 지지는 않을 것이라 느꼈는데, 당천호의 진실된 기파를 마주하자 그 느낌이 급격히 사그라졌다.

"안하무인이로군. 분명히 말하지만 우리는 그를 죽이지 않았어. 확인이 필요하다면 그 답을 주겠다."

"확인? 그것을 확인한다고 죽은 내 동생이 돌아오지는 않

아. 내가 원하는 것은 혈채뿐이다."

"허, 구양선 그 마인 놈보다 더한 놈이군."

여립산에게 접근하던 당천호가 멈칫했다.

"구양선?"

"그래, 구양세가의 이공자 구양선. 주화마인이라 불리는 놈 말이다."

"여기서 그놈의 이야기가 왜 나오지?"

당천호는 구양선이라는 이름에 여립산의 생각 이상으로 격하게 반응했다.

'구양선……?'

구양선의 이름을 듣자마자 가슴 한편에 저릿한 느낌이 들었다. 정확한 연유는 알 수 없었다. 도대체 왜 그의 이름에 분노가 그렇게 차오르는지. 당천호는 여립산의 이야기를 조금 더 들어봐야겠다는 생각이 들었다.

"말해."

"제멋대로군. 당가의 기강을 보지 않아도 한눈에 알 수 있겠군."

"그딴 건 상관없어. 빨리 대답이나 해라."

당천호는 등 뒤의 독강을 움직이며 위협했다.

"좋다. 하지만 이 무례에 대해서는 당 가주에게 고해 직접 죄를 묻겠다."

여립산은 도를 한번 털어낸 뒤 백호도를 도갑에 회수했다. 지금 당장 싸울 생각이 없다는 것을 명백히 한 것이다. 그러곤 갈영을 향해 눈짓했다. 그가 있으면 이야기를 하지 않겠다는 무언의 표시였다. 당천호는 여립산의 뜻을 즉각 알아챘다.

"갈영, 나가 있어라. 필요하면 부르지."

갈영은 당천호의 명령에 한마디 사족도 없이 급히 장내를 빠져나갔다. 여립산은 그 모습을 보며 당가와 하오문, 아니, 당천호와 하오문의 관계를 정확하게 깨달았다. 갈영은 두려워하고 있었다.

자신과 대화를 나눌 때 시종일관 자신감 넘치던 그의 표정이 당천호를 마주한 순간부터 사시나무 떨 듯 공포에 질려 넋이 나간 표정을 짓고 있던 탓이다.

갈영이 장내를 벗어나자 여립산은 이야기를 시작했다.

"우리가 당가와 부딪친 것은 사실이다. 십수와 십독이 따로 행동한 탓에 나와 사질도 따로 그들을 맞이했지. 허나 결코 그를 죽음으로 몰고 가진 않았어. 헌데 어리석은 네 동생은 우리의 호의를 거절했다. 우리가 그곳에 머무른 이유. 그것은 기련마신과의 일전에서 입은 상처를 치유하기 위함이었다. 그리고 그곳엔 마의 가엾은 선배가 있었지."

당천호가 고개를 갸웃거렸다.

"마의? 공적으로 몰렸던?"

"그렇다. 네 동생은 우리의 호의를 무시하고 그를 납치해 도주했다. 우리가 그 사실을 알고 독룡을 쫓았을 때 그는 이미 죽어 있었지. 열양공이었다. 엄청난 화기로 내부가 모두 익어 있더군."

"열양공이라……. 그런 보고는 없었는데?"

"당연한 일이다. 세가의 차기 주역들이라는 자가 단 두 명에게 패했다. 거기에다 치졸한 수작까지. 어딜 가도 고개를 들고 다닐 수 없었을 테지."

"그래, 거기까지인가, 할 말은?"

여립산이 고개를 저었다.

"아직이다. 이제부터가 중요하지. 독룡의 시신을 발견한 후 우리는 한 가지 소문을 접했다. 감숙에서 발생한 학살 사건이 그것이지. 기백명이 목숨을 잃었다. 그 흉수는 어처구니없게도 나와 사질이라더군. 우리는 진상을 조사하기 위해 황실의 손을 빌렸다."

여립산의 입에서 나온 황실이란 단어에 당천호가 움찔거렸다.

황실은 쉽사리 건드릴 수 없는 곳이다. 강호에서 홀로 자유로울 수 있는 곳. 황실의 십만 정병이 한 단체를 악의 집단으로 몰고 가면 어느 한 곳도 버틸 수 없다. 그것은 소림이라도 마찬가지.

소림의 제자이던 여립산이 하는 말이니 당천호는 황실의 개입이 거짓은 아닐 것이라고 판단했다.

"초강수로군. 황실이라니."

"우리는 황금포쾌 마운철을 만났다. 천운(天運)이었지. 그가 감숙에 있어 일이 쉽게 풀렸으니. 그곳에서 하오문의 도움을 받아 흉수를 찾아냈다. 그가 바로 구양세가의 이공자이자 주화마인이라 불리는 구양선이다. 독룡을 죽인 것은 구양선이야. 확실하다."

"너무 자신하는군. 허나 일리는 있다. 하지만 그 말을 내가 어떻게 믿지?"

여립산은 당천호가 진위 여부를 묻자 쓰게 웃었다.

"그것에 대한 보증은 공동의 태허 진인이 해줄 것이다. 마의의 은거지 근방에서 독룡과 부딪친 후 그와 만났으니."

"공동파라……. 같은 구파의 이름을 빌리려 했다면 후회할 것이다. 그리고 한 가지 이해 안 가는 것이 더 있다. 그래서 나는 당신을 믿을 수 없어. 더불어 당신이 한 말도."

"무엇이지?"

"구양선이라는 자, 소문은 익히 들어서 알고 있다. 남환신공을 마공으로 탈바꿈시킨 자라지? 허나 그의 내력과는 무관하게 무공 수위는 일천하다 알려져 있지. 그 소문은 이미 청해에서 확인이 된 바 있다."

여림산은 인정했다.

구양선의 무위는 지닌 바 내력에 비해 한참 부족했다. 기연으로 얻은 내력이나 다름없기 때문이다. 그렇기에 그는 청해에서도, 감숙에서도 법륜을 이길 수 없었다. 완성을 향해 달려가는 무인과 아직 채 한 발도 떼지 못한 무인의 차이였다.

"맞다. 그의 무공은 일천했다. 그는 사질에게 철저하게 당했지."

"그래, 그것이다. 내 동생이라서가 아니라 그 녀석의 무공은 상당한 수준이다. 결코 내력만 믿고 설치는 자에게 당할 아이가 아니야. 이기지 못했더라면 적어도 도망은 쳤을 것이다."

당천호의 단호한 압박에 여림산은 고소를 금치 못했다.

최선을 다해 설명했다고 자부했는데 그만 외통수에 걸려버렸다. 당천호는 지금 독룡 당천후가 여림산과의 일전으로 인해 심각한 부상을 입지 않았느냐고 묻는 것이다. 그렇지 않고서야 그가 구양선에게 목숨을 부지할 수 없을 정도로 몰리지 않았을 것이란 뜻이다.

"그것은… 어쩔 수 없는 일이었다. 이쪽도 지켜야 할 것이 있었으니."

"그 말은 내 동생의 죽음에 그쪽도 일말의 책임이 있다는 것으로 받아들여도 되겠나?"

당천호가 송곳니를 드러냈다.

그가 원하는 결과, 그것은 당천후의 죽음과 관련된 모든 사람의 죽음이다. 그래야만 그의 분노가 씻겨 내려갈 것 같다고 생각하는 모양이다. 그리고 그는 그 일을 행하기에 한 치의 모자람도 없는 무인이었다.

"그렇게 말한다면 어쩔 수 없겠군. 피를 보고 싶지 않아 설명하지 않아도 될 일까지 설명했다. 이쪽으로선 최선을 다했다. 그럼에도 납득하지 못한다면 무인 대 무인으로 이야기해야겠지."

여립산이 백호도의 도파에 손을 얹었다.

백호도에 손이 닿자마자 여립산의 기세가 최고조로 올랐다. 낭아감각도가 활성화되면서 오감이 고양됐다. 느껴지는 모든 것이 종전과 판이하게 달랐다. 그리고 여립산은 알 수 있었다.

'오늘이 내 마지막 날이 될 수도 있겠구나.'

그의 온 감각에 들어오는 당천호의 기세.

그것은 자신의 무위를 훨씬 뛰어넘는 것이었다. 법륜이었다면 달랐을까. 절대의 경지에 근접해 가는 사질이라면 이자와 기세 좋게 어울려 볼 만했다.

"아쉬울 따름이다."

여립산은 감각을 고조시켰다.

낭아감각도가 극한으로 발휘되면서 당천호의 움직임 하나

하나가 전신의 감각으로 쏟아져 들어왔다. 여립산이 느낀 당천호의 움직임은 완벽 그 자체였다.

손짓 하나에, 발걸음 하나에 무수히 많은 묘리가 살아 숨쉬고 있었다.

완전무결(完全無缺).

당천호의 기세는 그 한마디 외에는 달리 표현할 길이 없었다.

"아쉽다? 무엇이 아쉽지? 목숨을 내놓기가 아까운 것인가?"

"그렇다. 나는 자신감에 차 있었지. 그래서 닿을 수 있을 줄 알았다."

당천호는 여립산의 의중을 모르겠다는 듯 고개를 갸웃거렸다. 무슨 말을 하고 싶은지 도무지 알 수가 없었다. 여립산은 그런 당천호를 보며 쓰게 웃었다. 저자는 사질과 비슷하다. 무공도 무공이거니와 그 성정이 길을 정하면 다른 곳을 보지 않고 달려간다.

그래서일까.

이 차이는 절정과 초절정, 초절정과 절대지경을 나누는 차이. 처음부터 정해져 있던 결과일지도 모른다. 법륜이나 당천호가 절대에 오를 재지가 충만하다면 자신은 여기까지가 한계인지도 모른다.

'그래도 꽤 발전했다고 생각했는데.'

죽음의 위기가 닥쳐온 것도 아닌데 그의 인생이 주마등처럼 머릿속을 흘러갔다.

"대화는 이쯤하자. 시간이 별로 없어."

"좋다. 당가의 무인이여, 그대의 무공에 경의를 표하마."

여립산이 백호도가 백색의 강기를 머금었다.

첫 수는 역시 백호출세다. 백호의 날 선 발톱이 당천호의 목을 노리고 날아갔다. 당천호의 등 뒤로 꿈틀거리는 아홉 개의 독강이 몸을 날려 성난 백호의 발톱을 막아섰다.

'네 개!'

고작 네 개의 독강이 넘실거리며 백호도의 전진을 막아냈다. 당천호는 제자리에서 한 걸음도 물러서지 않았다. 여립산이 기세 좋게 날린 백호출세를 상당한 여유를 두고 밀어낸 것이다. 거기에 더해 그는 그 틈을 노리고 반격까지 해왔다.

다섯 줄기의 독강이 여립산의 전신을 노리고 독아(毒牙)를 드러냈다.

여립산은 몸으로 쏟아지는 독강에 대항하기 위해 도를 사방으로 휘둘렀다. 순식간에 공세에서 방어 초식을 구사했다. 백광자전도 삼초 백광무한이 펼쳐졌다. 여립산의 주변으로 반월의 강기가 터져 나갔다.

결과적으로 당천호가 쏘아낸 다섯 줄기의 독강은 여립산의 방어를 뚫지 못했다. 반월의 강기에 독강이 갈기갈기 찢어졌다. 독강이 터져 나가면서 독 기운이 장내를 장악했다. 여립산은 머뭇거리지 않았다.

여립산은 독강이 주춤하는 순간을 놓치지 않고 극쾌의 찌르기를 먹였다. 도병의 끝을 양손으로 잡고 수차례 찔러 넣었다.

슝슈슝!

바람이 갈라지는 소리와 함께 당천호가 뒤로 한 발 물러섰다. 백광천파의 여력에 당천호의 앞섶이 깔끔하게 갈라져 있다.

'무시할 수 없는 상대다.'

당천호는 처음 여립산을 경시하던 마음을 고쳐먹었다.

아쉽다는 말에 담긴 의미를 알 수 있을 것 같았다. 그에게 시간이 조금이라도 더 있었다면 그의 말대로 절대지경에 발을 들여놓을 수 있을지도 몰랐다.

'차라리 이자에게 죽었더라면.'

동생의 얼빠진 얼굴이 스쳐 지나갔다.

당천후가 이 정도의 무인에게 쓰러졌더라면 그렇게 분하지는 않았을 것이다. 구양선이라는 존재가 어떤 존재인지 정확하게 모르지만 눈앞의 이 남자만큼은 아닐 것이 분명했다. 그랬더라면, 그랬으면 적어도 서로 미련을 가지고 손을 쓰는 것에 후회는 하지 않았을 것이다.

당천호의 상념이 격전의 와중에 조금 길어서였을까.

여립산은 순간 멈칫거리는 당천호의 틈을 노리고 백호도를 찔러 넣었다. 다시 한번 백광천파다. 백색의 광휘가 하늘을 꿰뚫는다는 뜻처럼 백호도가 당천호의 몸에 구멍을 내기 위해 돌진했다.

"어딜!"

당천호는 퍼뜩 정신을 차렸다.

조금도 방심할 수 없는 상대를 앞에 두고 잡념에 빠졌다. 지금은 그럴 겨를이 없는 상황이다. 자신이 한 발 더 앞서나가고 있지만 절대지경의 초입과 초절정의 끝자락은 정말 한 끗 차이다.

절대지경에 오른다는 것.

그것은 공간의 제약을 뛰어넘는 것을 의미한다. 단순히 공간을 재빠르게 장악한다거나 움직이는 것을 뜻하는 것이 아니다. 그것은 강기의 발현과 기운의 운용에 공간의 제약을 받지 않는다는 것을 의미한다.

바로 지금처럼.

당천호가 여립산을 향해 손을 위로 쳐내자 허공에서 다시 다섯 줄기의 독강이 치솟았다. 여립산은 아무런 낌새 없이 갑자기 발밑에서 강기가 솟아나 자신을 공격하자 당황했다. 한번도 경험해 본 적 없는 공세에 손이 어지러워졌다.

여립산은 반월십자강을 날리며 당천호의 곁으로 접근하기 위해 노력했다.

'이대로 소모전만 펼친다면 기회는 없다.'

여립산은 반월십자강을 연달아 서너 차례 쏘아낸 후 뒤로 물러섰다. 큰 것 한 방을 준비하기 위함이다. 여립산은 젖 먹던 힘까지 끌어 올렸다. 백호도 주변으로 내력이 몰려들며 회전하기 시작했다.

'자전마라… 자전마라밖에 답이 없다.'

여립산이 자전마라의 초식을 선택한 이유는 주변에 진득하게 깔린 독기 때문이었다. 내력으로 촘촘한 막을 만들어 몸을 보호하고 있기는 했지만, 숨을 통해 들어오는 독기까지 완벽하게 차단하지 못한 탓이다.

'뇌기(雷氣)라면.'

독 기운에 저항하는 것에 완벽한 정답은 그 독에 맞는 해독제를 미리 복용하는 것이다. 하지만 그 방법을 행할 수 없는 지금 해답은 상성에 우위를 점하는 것이다. 내력이 고속으로 회전하면서 백호도 주변으로 뇌광(雷光)이 비치기 시작했다.

뇌기가 파직거리며 백호도의 주변에 거센 전압을 불러왔다. 여립산이 도를 내지르자 당천호의 독강이 주춤거리며 타들어 가기 시작했다.

'됐다!'

여립산은 여세를 몰아 전진했다.

당천호는 독강이 뇌전의 기운에 점차 타들어가자 여립산이 무슨 생각을 했는지 알아챘다. 독기(毒氣)와 화기(火氣)는 최악의 상성이다. 화기(火氣)보다 강력한 기운과 양강지력을 머금는 뇌기는 말할 것도 없다.

그의 예상대로 여립산은 느리지만 차근차근 자신을 향해 접근해 오고 있었다. 당천호는 반전의 기회를 만들어야 한다고 생각했다. 자신이 앞서고 있는 것은 분명하지만 여전히 쉽게 볼 수 없는 자다.

'내가 독(毒)에만 집중했다 생각하는 것인가.'

당천호는 뇌기에 타들어가는 독강을 단번에 깨뜨렸다.

아홉 줄기의 독강이 단번에 터져 나갔다. 여립산은 그 모습을 보며 쾌재를 불렀다. 당천호가 뿌린 독강이 뇌기에 먹혀들자 승산이 없어 독강을 깨뜨렸다고 생각했기 때문이다.

하지만 그것은 착각이었다.

당천호의 독강은 분명 깨졌지만 그 형태를 제대로 유지하고 있었다. 당자홍을 격살할 때 사용한 비전의 수법을 사용하려는 요량이다. 당천호가 양손의 소매를 펄럭이며 하늘을 향해 손을 뻗었다.

당천호의 손이 움직였다. 그의 손짓에 따라 독강의 파편이 이리저리 흔들렸다. 당가 최고의 암기술이라는 만천화우가 다시 한번 펼쳐졌다.

"만천."

당천호의 손이 여립산을 향했다.

"화우."

강철의 꽃비 대신 맹독의 비가 쏟아졌다.

여립산은 그 모습에 그만 경악하고 말았다. 그가 가장 먼저 이상함을 느낀 것은 독강의 파편이 그대로 소멸하지 않고 허공을 떠돌면서였다.

'만천화우!'

보통의 암기술이라면 코웃음을 치겠지만 그조차 천하의 만천화우 앞에서는 태연할 수 없었다. 온 천하를 통틀어서 최강, 그리고 최악의 암기술이라 불리는 무학이다. 아니, 암기술이 아니라 암기로 펼칠 수 있는 최고 경지의 예술이다. 천고의 예술을 독강으로 펼쳐낸다? 생각할 수 있는 상식 밖의 무공이다.

여립산은 백호도를 가슴께로 끌어들였다.

뇌전의 기운이 서린 백호도가 굉음을 내며 딸려왔다. 자전마라는 엄청난 내력을 요구하는 초식. 초절정의 끝자락에 오른 무인의 내력을 절반이나 잡아먹는 아귀 같은 초식이다.

여립산은 그 초식에 내력을 배가시켰다.

단전에 고여 있던 얼마 남지 않은 내력이 딸려들어 가며 뇌전의 막이 생성됐다. 뇌강막(雷罡幕)은 여립산의 전면을 보호하며 막강한 기세를 뿜내기 시작했다. 그 위로 당천호의 만천화우가, 죽음의 비가 쏟아졌다.

'잘해야 동귀어진이겠다.'

여립산이 독강의 만천화우를 막으며 한 생각이다.

뚫릴 듯 뚫리지 않는 뇌강막이 힘겹게나마 만천화우를 막아내는 듯싶었다. 그 순간 여립산의 눈이 크게 뜨였다. 만천화우를 움직이던 당천호가 순식간에 코앞까지 접근한 것이다.

"끝이다!"

여립산은 만천화우를 막아내는 와중에도 간신히 몸을 틀었다.

당천호의 등 뒤로 구독연환이 일어나며 그의 어깨와 다리를 삽시간에 집어삼켰다. 여립산은 내력을 움직이는 요혈을 용케 보호했지만 달리 뚫고 나아갈 방도가 보이질 않았다.

"안 끝났어!"

여립산이 발작적으로 외쳤다.

죽음이 다가온 그 순간에 한 여립산의 선택. 언젠가 사질인 법륜이 마신에게 일격을 먹일 때처럼 진원진기가 거센 파도처럼 일어나며 당천호의 마수에 대항했다. 동귀어진을 생각지 않았다면 결코 생각할 수 없는 한 수. 여립산의 도박성 짙은 공격에 당천호가 제법이라는 표정을 지었다.

진원진기가 폭발하자마자 몸에 박힌 독강이 끈 떨어진 연처럼 밀려났다. 독강이 몸에 박히자마자 진원진기를 폭발시켰지만 중독은 피할 수 없었다. 몸에 남아 있는 독이 피와 살을 녹색으로 물들였다.

여림산은 여전히 백호도 위에 뇌광을 입힌 채 삐걱거리는 몸으로 세차게 휘둘렀다. 정확히는 백호도 위에 서린 뇌광을 쏘아내기 위한 움직임이었다. 당천호의 손놀림이 분주해졌다.

구독연환으로 온몸을 보호했지만 뇌신의 일격이 그만큼 강맹해서였을까. 뇌신의 일격은 구독연환을 단번에 꿰뚫고 당천호의 몸에 틀어박혔다.

"크아아악!"

당천호가 내력을 휘둘리며 몸에 들러붙어 지독한 통증을 부르는 뇌기를 떨쳐내기 위해 안간힘을 썼다. 한 번도 느껴본 적 없는 고통이 머리를 새하얗게 만들었지만, 그는 결코 이성이 끈을 놓지 않았다.

그는 가장 최선의 수를 선택했다.

당천호의 소매가 펄럭이며 비수가 쏟아졌다.

매미의 날개보다도 더 얇은 수십 개의 철비수가 상처 입은 맹수를 향해 날아갔다. 마지막 일격에 온 힘을 쏟아서였을까, 백호의 몸부림은 더 이상 힘차지도, 매섭지도 않았다. 순식간에 수십 자루의 비수가 여림산의 몸에 꽂혔다.

그럼에도 여력이 있음인가.

당천호는 그에 만족하지 않고 앞으로 내달리며 쌍장을 흔들었다. 당가의 가주 당자홍이 보여주었던 귀원장이 여립산의 몸에 틀어박혔다.

여립산이 피분수를 내뿜으며 뒤로 날려갔다.

아니, 날려가지 못했다. 어느새 뽑아 올린 당천호의 구독연환이 여립산의 몸에 독아를 박아 넣어 그를 공중에 띄워 올린 것이다.

"죽어!"

당천호의 독수가 여립산의 가슴에 처박혔다. 백호가 고통에 울부짖었다.

"커어억!"

당천호는 허공에 매달린 여립산을 향해 최후의 일격을 먹였다. 손이 가슴팍을 헤집고 심장을 잡아챘다. 심장에서 피를 공급하는 혈관이 가닥가닥 끊기면서 여립산의 얼굴이 백짓장처럼 새하얗게 변했다.

"크륵……."

고통에 찬 신음성이 적막에 내려앉았다.

당천호가 바라본 그의 얼굴은 생각한 것보다 편안했다. 회광반조(回光返照). 강대한 내력이 그의 숨을 붙들어주고 있었다. 마치 마지막으로 남길 유언을 기다리기라도 하듯.

"남길 말은?"

"큭큭큭, 온 천하가 곧 독제(毒帝)가 세상에 나왔음을 알겠구나. 허나 이를 어쩐다. 세상은 독제와 야차(夜叉)를 한 시대에 내려보냈으니 독제의 명운도 그리 길지는 않겠구나."

"그따위 말이 전부라면 더는 들어줄 생각이 없다. 그만 죽어라."

당천호가 손아귀에 힘을 주자 백호의 심장이 여기서 끝을 낼 수는 없다는 듯 꿈틀거렸다.

"허망하다. 한 걸음, 단 한 걸음이 남았을 뿐인데……"

당천호가 불길한 눈으로 여립산을 향해 입을 열었다.

"그게 당신과 나의 차이야."

독제의 손이 폭발했다.

여립산의 심장이 그 손 안에서 찢겨 나갔다.

종막이었다.

제이십장(第二十章)

수습(收拾)

법륜은 장산과 함께 여장을 풀었다.

성도는 큰 도시이지만 외곽으로 나가면 나갈수록 건물들의 규모가 작고 초라해져 갔다. 행색도 그와 같았다. 사람 사는 곳은 어디든 비슷한 법인지 중심에서 멀어질수록 환경도, 인간도 허름해져 갔다.

"이쯤이면 되겠지?"

장산이 여객(旅客)이라 붙은 깃대를 보며 법륜의 의사를 물어왔다. 법륜은 가볍게 고개를 끄덕이는 것으로 그 답을 대신했다. 여객이라 적힌 깃대 뒤로 객잔이라 부르기에도 민망한

판잣집 한 채가 덩그러니 서 있었다.

"이 정도면 될 것 같소."

성도에서 수백 장 떨어져 인적이 드문 곳이고 주변이 탁 트여 있어 누가 접근하면 쉽게 알아챌 수 있는 곳이다. 사숙이 찾으려 한다면 감각도를 이용해 순식간에 알아챌 수 있다. 여러모로 이곳에 머무는 것에 이점이 많았다.

법륜과 장산은 야외에 마련된 탁자에 자리를 잡았다.

감숙에서 사천의 성도까지 쉴 새 없이 달려온 길이다. 건량만 씹으며 달렸으나 허기지고 지치는 것이 당연지사. 몸 상태부터 정상으로 돌려놔야 만일의 사태에 대비할 수 있었기에 법륜은 소채와 면을 주문했다. 장산은 닭고기 요리와 술을 주문했다.

주문한 음식이 나올 때까지 법륜과 장산은 어색한 침묵이 흐르는 가운데 탁자 위만 바라보며 말이 없었다. 어색함을 지우기 위해 장산이 망설이다 입을 열었다.

"술은 안 먹나?"

"승려가 술을 먹는 걸 보았소?"

법륜이 피식 웃으면서 대꾸하자 장산은 아차 하는 얼굴로 멋쩍은 웃음을 보였다. 그간 함께 달리기만 하다 보니 깜빡하고 있었는데 눈앞에 앉아 있는 남자는 무학(武學)의 근본이나 다름없는 소림의 제자였다.

'소림의 제자에게 술을 권하다니 나도 정신이 빠졌군.'

장산은 고개를 숙이며 실례했다는 말을 건넸다.

"실례. 그간 심력 소모가 많아 정신이 좀 없었나 보군. 미안하오."

"괜찮소. 파계(破戒)를 당했으니 틀린 말도 아니지. 허나 나 스스로가 아직 승려라 생각하고 있으니 지켜야 할 것은 지키고 싶다는 마음이오."

장산이 고개를 끄덕였다.

이 남자는 참으로 올곧다. 사문으로부터 파문을 당했으니 화가 날 만도 한데, 그 엄격하다는 소림의 계율을 한 치의 흔들림도 없이 지켜낸다. 그것이 비록 허울뿐이라도 말이다.

"그 부분은 정녕 존경스럽군."

"무엇이 말이오?"

법륜이 눈을 동그랗게 뜨고 묻자 장산은 멋쩍은 듯 헛기침을 하며 말을 이었다.

"이제는 군이 얽매이지 않아도 될 계율을 끝까지 지키고자 하는 마음. 나라면 홧김에라도 그러지 못했을 거요."

법륜은 장산의 칭찬에 부끄러운 마음을 감출 수 없었다.

정녕 장산의 말대로라면 한 치의 부끄러움도 없겠지만 목적이 다르지 않은가.

스스로 계율을 지키고자 하는 것은 정도(正道)를 지키고자

함이다. 법륜은 이미 계율을 여러 번 어겼다.

살생을 하지 말라는 계율은 불가에선 반드시 지켜야 하는 것 중 하나이다. 그는 사문의 명 없이 몰래 내려와 여러 번의 혈투를 겪었다. 살생(殺生)으로 인해 생기는 살의(殺意)가 수행에 독이 되니 금(禁)한 것인데, 법륜은 그 금기(禁忌)를 무참히 깨버렸다.

'후회하기엔 너무 먼 길을 왔다. 후회해서도 안 되고 이미 후회하지도 않아.'

정도를 지키는 것.

법륜이 계율을 지키고자 하는 정신은 여기에서 비롯되었다. 그의 마음속엔 이미 살생과 살업을 쌓는 것에 주저함이 없어진 것이다.

"부끄러운 말이지만 내가 계율을 지키고자 하는 것은 당신이 생각하는 그런 이유가 아니오. 그저 살인에 취한 마인이 되지 않고자 함이니 괘념치 마시오."

"이상하군."

장산이 의미심장한 눈빛으로 법륜을 바라보았다.

그의 눈동자에 비친 것은 짙은 호기심이다.

"나는 아니지만 내 부친께서는 조부님이 죗값을 치러야 한다며 불가에 귀의하셨소. 조부의 이야기가 들려올 때마다 밤낮으로 치성을 드리며 사셨단 말이오. 그런 부친께서 말년에 내게 하신 말씀이 있다오. 들어보시겠소?"

법륜이 고개를 끄덕였다.

"모든 것이 마음먹기에 달렸다. 부처가 되고자 하는 것도 악마가 되고자 하는 것도 사람의 마음가짐에서 비롯된다. 허니 마음을 정심(正心)하게 갖고 정진하면 그러지 않으려 해도 부처가 될 것이오, 그렇지 않다면 악마가 될 것이다."

장산은 어떠냐는 듯 법륜에게 고개를 으쓱였다.

"부친께서는 내가 조부를 따라 칼을 잡는 것을 반대하지 않으셨소. 비록 그분이 검마(劍魔)라는 이름으로 불리다 세상을 떠났지만 내가 무인이 된다는 것에 전혀 거리낌이 없으셨지. 대신……."

"마음가짐을 바로 하라는 말씀이셨군요."

"맞소. 바로 그것이오. 그래서 묻겠소. 사람의 형상이 마음가짐으로 인해 달라진다면 굳이 계율을 지키지 않아도 부처가 될 수 있지 않겠소?"

법륜이 장산의 말에 생각에 잠겨 있는 동안 여객의 주인장이 술과 요리를 내왔다. 법륜의 눈앞에 김이 모락모락 올라오는 뜨끈한 면과 기름에 재빠르게 볶아낸 듯 윤기 도는 소채가 눈에 들어왔다.

장산은 술잔에 술을 조금 따라 목을 축이며 법륜을 바라보고 있었다.

"그럴지도 모르겠소. 부친께서는 정녕 불도에 조예가 깊으시군. 가르침에 감사하오."

"하하, 그런 뜻으로 드린 말은 아니오. 그저……."

장산이 탁자에 놓인 술병을 집어 들어 흔들었다.

"혼자 마시기에 적적하니 술동무라도 만들어볼까 해서. 어때, 한잔해 볼 테요?"

법륜은 장산의 너스레에 쓴웃음을 지었다.

처음의 인상은 그가 예리함만을 갈고닦은 검사라는 느낌이었는데, 그를 조금이나마 알게 된 지금은 되레 그에 대해 하나도 모르겠다는 인상이다.

'모든 것이 마음먹기에 달렸다……. 과거 저 먼 동방에 이와 같은 말을 한 선사(禪師)가 있었으니 일체유심조(一切唯心造)라, 모든 것이 선연이 남긴 말과 다르지 않구나.'

과거 법륜은 마음이 가는 대로 행하는 것이 곧 마인(魔人)이라 여긴 적이 있다. 하나 달리 생각해 보면 참으로 단편적인 사고였다. 마공을 익혀 제세안민(濟世安民)에 힘쓴다면 그가 정녕 마인일까?

협사(俠士)의 무공을 익혀 살겁을 저지른다면 그는 정녕 협객일까? 답은 정해져 있었다.

"내 생각이 정녕 너무 짧았소. 계율에 얽매이는 것은 분명 지양해야 할 일이 맞는 것 같소이다. 허나 나는 내 부족함을 알기에 계율이라도 지키지 않으면 안 된다오. 그러니 술은 양해를 좀 해주시오."

장산은 할 수 없다는 듯 술잔을 가득 채워 목으로 넘겼다.

법륜은 속으로 고소를 지으며 식사를 시작했다. 아쉬울 따름이다. 조금이라도 더 빨리 깨달았다면 지금과 달랐을까.

모든 것이 마음먹기에 달려 있다.

그 사실을 조금 더 일찍 깨달았다면 더 과감하게 움직일 수 있었을 게다. 그랬다면 무공을 잃고 고생할 일도, 이렇게 당가와의 분쟁으로 마음 졸일 일도 없었을지 모른다.

"조금은 달라졌을까요?"

장산은 법륜의 물음이 무엇을 의미하는지 알 수 없었으나, 그의 얼굴이 고심으로 가득 차 있는 것을 보곤 깨달았다. 그가 대답한다고 해서 달라지는 것은 아무것도 없다는 것을. 하지만 장산은 끝내 입을 열었다. 아무 말이라도 하지 않으면 저 고심 속에 잠겨 그대로 빨려들 것만 같았다.

"답은 간단하지요. 그럴 수도, 그렇지 않을 수도. 이 세상에 정해진 것은 없소이다. 특히나 강호에서는 더더욱. 비록 산속에 파묻혀 산 인생이지만 그것만은 확실히 알지. 삼류무사가 어느 날 갑자기 깨달음을 얻어 절정의 고수가 될 수도, 절정의 무인이 병으로 급사할 수도 있는 것이 강호라는 걸. 당신이 무슨 생각을 하는지는 모르겠지만 자책이나 쓸데없는 일에 대한 고심이라면 그만 접어두는 게 좋소."

법륜이 고개를 끄덕였다.

지당한 말이다. 이미 지나간 일에 대해 후회해 봐야 달라지는 것은 하나도 없으니.

"그렇겠지요. 앞일만 생각해도 벅차니."

"말이 나와서 말인데, 내 하나만 묻겠소. 앞으로의 계획. 애초에 백호방주에게 듣기로는 사천에서 세력을 일구려 했다 들었는데, 정확히 어떻게 하려고 한 거지요?"

"계획이라……."

법륜이 세운 계획은 터무니없이 간단했다.

사천은 고래로 구파 중 이파와 팔대세가 중 하나가 뿌리를 내려온 곳. 삼파의 행사에 불만을 가진 곳도 부기지수다. 법륜은 당가와 부딪치면서 그런 자들을 끌어모으려고 했다.

그 주축을 사숙인 여립산으로 두고 한두 사람만 보좌해 줘도 기련마신의 수족인 마군(魔軍)을 억제하는 데 큰 도움이 될 테니까.

하나 해천이 장산과 사경무를 데려오면서 그 생각이 달라졌다. 그들을 수하로 얻으면, 정확히는 해천이 이끄는 태영사를 손아귀에 쥐면 앞서 고민한 것들이 모두 해결된다.

"있었는데 지금은 없소. 일단은 당신부터 밑에 둬보려고 하오."

"허, 나를? 쉽지 않을 텐데?"

"그래서 더 해보려 하오. 쉽지 않은 만큼 확실한 가치가 있으니."

장산이 그 말에 시원한 미소를 드러냈다.

확실한 가치를 지닌 자, 자신이다.

법륜은 검마의 진전을 이은 자신보다 몇 수는 뛰어난 고수이다.

그런 자가 자신의 무공을 인정하고 수하로 두길 원한다. 마음 같아서는 지금 당장에라도 고개를 숙이고 싶었지만 그럴 수가 없었다. 자존심 때문이다.

"내가 원하는 것은 간단합디다. 한번 붙어보는 것, 그게 다요. 어차피 소림에 신세를 지려고 했으니 밑으로 들어가긴 해야겠는데 좀 아쉬워서."

"무엇이?"

"모르려야 모를 수가 없지. 당신이 강하다는 것. 감숙에서 여기까지 간신히 쫓아왔소. 차라리 행선지를 묻고 천천히 쫓아가고 싶은 심정이었소. 신법만 놓고 봐도 그 정돈데 나머지는 안 봐도 뻔하지. 그래도……."

장산이 눈을 빛냈다.

"무인이니까 깨져도 부딪쳐는 봐야 하지 않겠소이까?"

"무인이라… 좋소. 식사를 마치면 몸 좀 풀어보지요."

"정말이오?"

장산이 어린아이처럼 즐거워했다.

이 예의 바르고 선비처럼 구는 사내가 얼마나 강력한 무공을 구사할지 무척 궁금했다. 장산의 손과 입이 쉴 새 없이 움직였다.

'드높은 자존심에 어린아이처럼 순수한 심성이라……'

법륜은 들뜬 장산을 보며 미안한 마음이 들었다.

어쩌면 그는 산속에 묻혀 도(道)나 닦는 것이 좋을지도 모르는 남자였다. 그런 그를 끌어들여 칼을 잡게 하고 전장의 굴레 속으로 밀어 넣는 것이 자신의 욕심이 아니고 무엇일까.

법륜과 장산은 식사를 마치고 자리에서 일어났다.

"빨리빨리 가십시다."

법륜은 장산의 재촉에 고개를 끄덕였다.

하나 그런 그 둘의 계획은 시작부터 무산됐다. 그들이 지나쳐 온 성도의 중심부 건물 위로 녹색의 기운이 폭발하면서 안개처럼 자욱한 무언가가 널리 퍼졌기 때문이다.

그리고 퍼뜩 든 생각.

'사숙!'

사숙이 아직 성도의 중심부에 있었다.

사람이 많은 곳이니 별일 없을 것이라는 머릿속의 생각과는 달리 마음속은 불안하기만 했다. 감당할 수 없는 일이 닥

처오는 것처럼 불길한 생각만이 가득했다.

'어찌……'

법륜은 사숙을 믿어야 한다고 생각하면서도 스르르 움직이는 자신의 몸을 제어하지 않았다. 아니, 그러지 못했다.

장산이 법륜을 채 붙잡기도 전에 법륜의 신형이 튕겨 나갔다.

"이봐!"

장산의 고함이 등 뒤에서 들려왔지만 법륜은 계속해서 내달렸다. 목적지는 성도의 중심부, 하오문으로 달려간 여립산이 있는 곳이었다.

법륜은 미친 듯이 달렸다.

길을 찾는 것은 어렵지 않았다. 아무 건물에나 올라 지붕을 타면 그만이니까. 녹색 연기가 법륜에게 다가서듯 가까워졌다.

법륜은 녹색 연기를 마주하자마자 일이 잘못되었다는 것을 알았다.

'독기(毒氣)……!'

성도에서 이만한 독을 다루는 곳은 단 한 곳뿐이다.

사천당가. 당가가 이곳에 있다는 것은 한 가지 사실을 의미한다.

그들이 먼저 다가서기 전에 당가가 한발 빨랐다는 것이다. 아니, 애초에 그들이 성도에 들어서는 것을 당가가 먼저 감지하고 움직였다는 것이 옳다는 생각이 들었다.

'위험하다.'

법륜은 불광벽파를 일으켜 몸에 닿으려는 독기를 밀어냈다. 이 정도 극독이라면 아무리 사숙이라도 방심의 대가를 반드시 치를 것이다.

"안일한 생각이었나."

법륜은 당가를 상대함에 있어 경시하는 마음을 가지고 있던 것을 자책했다.

당가십수와 당가십독 때문이다. 그들이 비록 당대에 이름을 잇는 자들이라고는 하나, 그 무위가 생각보다 일천했던 탓이다. 그렇기에 안심했는지도 모른다.

법륜의 막강한 기파가 독을 밀어내면서 전진하자 독기의 주인도 그 사실을 알아챘는지 독기를 회수하는 기미가 보였다. 법륜은 그 즉시 몸을 날려 독기를 쫓았다. 독기를 자유자재로 다루는 것을 보니 이대로 물러나게 두면 놓칠지도 모른다는 생각이 들어서였다.

"어딜!"

법륜이 진각을 밟으며 지상으로 떨어져 내렸다.

그의 눈에 들어온 것은 처참하게 부서진 실내와 서 있는 한 남자, 그리고 미동도 없이 바닥에 쓰러져 있는 한 사람이었다.

'생기(生氣)가 느껴지질 않는다. 설마……'

법륜은 비척비척 쓰러져 있는 사내의 곁으로 다가섰다.

왜 처음에 보자마자 알아보지 못했을까. 사내의 옆에 백색의 보도가 나뒹굴고 있었다.

백호도(白虎刀)였다. 날카로운 백호의 이빨이 부러진 채 그 위용을 잃고 절망하고 있었다.

"사숙!"

법륜이 쓰러진 사내 여립산의 몸을 흔들었다.

그는 절망했다. 그가 예지의 능을 통해 본 장면이 그대로 재연되고 있었다. 왜 막지 못했을까. 그를 감숙에서 돌려보냈더라면 이런 절망은 겪지 않았을까. 법륜은 자책하고 또 자책했다.

그의 잘못이 아님에도 그는 자신을 용서할 수 없었다.

불같은 분노가 타올라 심장을 뜨겁게 달군다. 머릿속으로 사숙을 죽음으로 몰고 간 자에 대한 처결을 갈망했으나 그는 몸을 움직이지 않았다.

"사숙을 이렇게 만든 것, 당신인가?"

대신 그는 물음을 던졌다.

극도로 억제한 감정에 이가 뿌득 갈리며 부들부들 떨리는 음성이 흘러나왔다.

서 있던 사내 당천호는 눈을 가늘게 뜨며 장내에 내려선 승려를 바라보고 있었다.

'여립산의 사질 천야차 법륜이로군. 어쩐다. 싸울까?'

당천호는 대답을 망설였다.

여립산과 싸우면서 제법 손해를 많이 보았다. 싸우려면 못 싸울 것도 없었지만 마음속에 맴도는 한마디 말이 계속해서 그를 망설이게 했다.

여립산이 마지막 유언으로 남긴 말.

독제가 세상에 내려왔으나 야차를 함께 보냈다. 그로 인해 독제는 생을 마감하리라는 그 말이 마치 거부할 수 없는 운명처럼 느껴진 탓이다.

"대답해!"

평소의 법륜답지 않게 거친 말이 쏟아져 나왔다.

언제나 사람을 상대할 때 예를 갖추던 법륜이다. 법륜은 지금 예의를 차릴 만큼 이성적이지 못했다. 당장에라도 소리를 지르며 가슴속에 치솟는 울분을 풀지 않으면 안 될 것 같았다. 사실 지금도 많이 참고 있었다.

"당신이 그랬어?"

당천호는 법륜의 분노에 찬 물음에 어떤 대답을 하던 이 자리를 쉽게 벗어날 수 없을 것이란 것을 알았다. 그도 충분히 느끼지 않았던가. 동생을 잃었을 때의 그 슬픔과 분노를. 그렇기에 당천호는 물러서지 않았다.

"그래, 내가 그랬다."

"왜 그랬지?"

"내 동생을 죽였으니까. 비록 그의 손에 유명을 달리하지는 않았으나 그가 죽음으로 몰고 간 것은 확실하지."

법륜은 사숙 여립산의 시신을 들어 한쪽에 곱게 눕혔다. 무엇이 그리 허망한지 고통에 찬 눈이 그대로 뜨여 있었다. 법륜은 조심스레 그의 눈을 감겨주었다. 마치 당천호는 안중에도 없다는 듯 행동했다.

"동생? 그게 누구지?"

"독룡이라 불리던 당천후다. 그가 내 하나뿐인 동생이다."

법륜이 돌아섰다.

등 뒤에 사숙의 시신이 있다. 단 한 발도 물러설 수 없었다. 그것이 법륜의 마음가짐이다. 물러서지 않는다. 후회하지도 않는다.

'그러니 똑똑히 보십시오, 사숙.'

법륜의 전신에서 금기가 넘실대기 시작했다.

"독룡은 사숙이 죽인 것이 아니야. 주화마인 구양선이 죽였지."

당천호는 법륜의 몸에서 피어오르는 금기를 목도하고 속으로 침음성을 삼켰다. 그제야 여립산이 한 말이 무슨 뜻인지 진실로 알 수 있었다.

'잘못하면 내가 죽겠군.'

"알아. 그에게 들었지. 하지만 내 동생의 몸이 멀쩡했다면 그따위 반푼이 마인에게 죽지는 않았을 거다. 그건 확실해. 내 목을 걸고 보장한다. 그러니 너와 네 사숙이라는 자가 내 동생을 죽음으로 몰고 간 것과 무엇이 다르지?"

"갈! 애초에 싸움을 건 것은 그쪽이다! 그대들의 욕심으로 벌어진 일에 애꿎은 사람의 목숨을 끌어들여? 당가… 당가! 이 빌어먹을 새끼들이!"

더는 참을 수 없다는 듯 법륜의 신형이 포탄처럼 쏘아져 나갔다.

더 이상 들을 것도 없었다. 당가라는 족속들은 제 욕심만 채울 줄 아는 놈들이다. 손속에 자비를 둘 생각도 마음도 두지 않았다.

첫수부터 초강수다.

법륜의 양손에서 진공파가 터졌다. 약간의 시차를 두고 터진 진공파는 당천호가 미처 자리를 피하기도 전에 사위를 휩쓸고 지나갔다. 먼지가 자욱하게 일면서 당천호의 몸이 가려졌다.

법륜은 기다리지 않았다.

보이지 않으면 보이게 하면 된다. 왼발이 좌에서 우로 길게 가로질러 나갔다.

무형사멸각 해일(海溢)이 막강한 경력을 품고 주변을 난도질했다. 먼지가 갈라지며 아홉 개의 독강을 뱀처럼 두른 당천호가 보였다.

법륜은 당천호에게 쌍장을 연달아 먹였다.

양손의 장심에 붉은색 기운이 둥그렇게 뭉치더니 그대로 폭사했다.

적로제마장의 적옥(赤玉)이었다. 적옥은 법륜이 조비영과 겨루며 펼친 강환(罡丸)에 대한 깨달음을 바탕으로 만든 새로운 절기였다.

감숙에서 사천까지 먼 길을 달려오며 낮에는 구상하고 밤에는 직접 펼쳐보며 만들어낸 무공이다. 숙련도가 다른 무공에 비해 낮다고는 하나 파괴력만큼은 발군이다.

'크으……'

당천호는 연달아 몰아쳐오는 법륜의 공세에 더욱 방어를 굳혔다.

구독연환으로 직접적인 피해는 최대한 피하고 있지만, 막강한 공격을 막아내느라 내력이 뭉텅뭉텅 깎이고 있었다. 안 그래도 여립산과의 일전으로 체력과 내력 모두 열세인 상황이다.

"빌어먹을!"

당천호가 고성을 지르며 구독연환을 몰아쳤다.

단번에 깨뜨리고 쏘아낸다. 여립산을 죽음으로 몰고 간 단초가 된 절기가 다시 법륜에게 펼쳐졌다. 그러곤 여유를 두지 않겠다는 듯 다시 아홉 줄기의 독강을 뽑아내 전력으로 공격했다.

하나 당천호는 여립산을 상대할 때처럼 만천화우를 일일이 조종할 수 없었다.

여유가 없기 때문이다. 법륜은 당천호가 무슨 짓을 하든 상관하지 않았다. 대신 계속해서 몰아칠 뿐이다.

야차구도살의 송곳 같은 경력이 뽑혀 나와 독사의 목을 뚫고 지나갔다.

"죽어!"

법륜의 손날이 허공을 가르고 날아갔다.

창졸간에 쏘아낸 수이지만 위력만큼은 막강했다. 당천호가 양팔을 교차시켜 전면으로 쏟아져 들어오는 수강(手罡)을 막아냈다.

팔에 새겨진 상처에서 아릿한 고통이 올라왔다. 당천호는 억지로 고통을 삼키며 소매 춤에 감춰둔 비수를 날렸다.

당가의 비전 천향비(千向匕)였다. 만천화우만큼은 아니더라도 충분히 상승의 무공이다. 하나 회심의 일격으로 던진 비수는 법륜의 몸 주변에 일렁이는 금기에 너무나 쉽게 막혀 버렸다.

당천호는 한 발 물러섰다.

계속해서 수비만 하면 끝내 쓰러지는 것은 자신일 것이라는 생각이 머릿속을 지배했다.

완전무결이라 생각하던 구독연환이 아까부터 너무 쉽게 뚫려 버린 것이 원인이었다. 체력과 내력은 아직 몸을 움직이기에 충분하지만 계속 마음속에서는 이길 수 없다는 패배감이 엄습했다.

'절대 안 저. 공세로 전환해야 해. 일단 저 진기의 방벽부터!'

법륜은 당천호가 한 걸음 물러서자 재빠르게 따라붙었다. 야차구도살 십팔강격(十八强擊)이 당천호의 전신을 노리고 쏟아졌다.

파아아앙!

법륜의 십팔강격은 매섭기 그지없었다. 당천호가 다음 수를 준비하기도 전에 전신에 두른 호신강기를 두들기고 왼쪽 어깨를 부숴놓았다.

"커허헉!"

어깨를 부여잡고 물러난 당천호의 신음이 고통을 억누르는 듯 억눌려 있다. 당천호는 오른손으로 어깨를 부여잡고 멀찍이 떨어지며 구독연환의 수로 전면을 보호했다. 법륜은 살아 움직이는 것처럼 제 주인을 보호하는 독강을 보며 잠시 멈춰 섰다.

"이게 끝이냐?"

당천호가 대답 없이 신음만 삼키자 법륜은 더 볼 것도 없다는 듯 발을 차올렸다.

보검난파의 예기가 구독연환의 좁은 빈틈을 가르고 들어가 기어이 당천호의 가슴에 지울 수 없는 한 줄기 상처를 남겼다.

"커흐억!"

괴이쩍은 신음성을 내뱉은 당천호는 불로 지진 듯한 통증에 눈을 부릅떴다.

법륜은 그 모습을 보며 실소를 흘렸다. 이렇게 스스로의 고통에 취약한 자가 어찌 남을 해하며 그런 말도 안 되는 소리를 지껄인단 말인가.

"너는 넘지 말아야 할 선을 잘 봐야만 했어. 네가 해한 그분, 그렇게 가실 분이 아니었다. 네놈의 그 알량한 복수심 때문에 아까운 분이 숨을 거두셨다."

"크흐흐. 그것은 네놈도 마찬가지 아니더냐."

당천호의 실소에 법륜의 미간이 잔뜩 찌푸려졌다.

"내가?"

"그래, 네놈도 결국 나와 똑같다. 네놈도 그 복수심 하나로 소림에서 벗어나고자 발버둥 쳤겠지. 청해에서 친 분탕질도 그중 하나가 아니더냐"

"분탕질이라……. 재미있는 말을 하는군. 그것은 분탕질이 아니야. 내 천명이다. 마신을 지옥으로 떨어뜨리는 것. 네놈 따위가 감히 재단할 수 없는 일이다."

"하하하! 천명? 웃기는 소리 하지 마라. 그것은 네놈의 위선에 불과해! 천명을 운운하면서도 결국 하고자 하는 일은 사람을 죽이는 것이 아니더냐! 고고한 척, 깨끗한 척, 온갖 미사여구로 포장해도 그것은 결국 살인일 뿐이다! 너도 나처럼 한낱 살인자일 뿐이란 말이다!"

법륜은 당천호의 괴언에 더는 상대해 줄 생각이 없다는 듯 그의 목숨을 끊기 위해 다가섰다. 법륜은 오른손으로 당천호의 머리를 겨눴다. 손끝에 마관포의 경력이 모여들며 빙글빙글 회전했다.

"그런 망언(妄言)은 지옥에나 가서 떠들어라."

법륜이 막 마관포를 쏘아내려는 찰나.

"잠깐!"

"멈추세요!"

이제는 폐허가 된 하오문 지부로 들어서는 두 사람이 있었다. 승려와 도사였다.

승려와 도사.

이 둘은 떼려야 뗄 수 없는 깊은 관계를 맺고 있다. 당장 정도무림의 주축이라는 구파만 들여다보아도 모두 승려, 아니면 도사로 이루어져 있지 않던가.

그런 점에서 법륜은 이 시점에 승려와 도사가 나타난 것이 별로 놀랍지 않았다.

자신이 어디에 서 있는지 잘 알고 있기 때문이다.

여기는 사천성.

그리고 당가를 제외한 가장 큰 두 세력은 청성과 아미이다. 그러니 눈앞의 승려와 도사는 청성과 아미의 인물일 것이다. 법륜은 노도와 여승의 만류에도 겨눈 손을 내려놓지 않았다.

"말학 후배가 예를 갖추지 못한 점 양해해 주시오. 하나 이 일은 두 분께서 끼어들 여지가 없으니 이래라저래라 하지 말고 그냥 돌아가시는 게 좋겠습니다."

"허, 어린 도우가 말이 제법 매섭군. 그렇지 않나, 대총관?"

말을 받은 이, 그는 청성의 파진 진인이었다. 그의 옆으로 주름진 얼굴의 여승이 다가섰다.

"괜찮은가요?"

"청연 신니……."

당천호가 파진 진인과 청연 신니를 번갈아 봤다.

뜻밖일 수밖에 없었다. 청성과 아미, 그리고 당가가 회합을 가진 지도 상당한 시간이 흐른 지금 어째서 구파의 주축 둘이 이 성도에 자리하고 있는지가 의문이다.

'분명… 산으로 돌아갔다고 보고를 받았는데…….'

"두 분께서 어찌 이곳에……."

파진 진인은 당천호의 물음에 진득한 웃음을 지었다.

마치 너는 부처 손바닥 안의 손오공이라는 듯 명백하게 위에서 아래로 내려다보는 시선이다.

"빈도가 이곳에 있으면 안 되나? 여긴 당가타도 아닌데. 왜? 산으로 돌아갔다고 보고를 받았는데 우리가 여기에 있어서 심히 당황스러운가?"

"음……."

청연 신니가 당천호의 의문을 해소해 주듯 말을 받았다.

"당 공자는 참으로 뛰어난 사람이에요. 저 같은 범부는 생각지도 못한 계책을 내놓곤 했죠. 마지막 회합도 마찬가지였어요. 맹주령을 파기하고 새로운 맹주를 추대한다? 분명 놀랄 만한 일이긴 하지만……."

"충분히 예상했단 말인가?"

당천호가 묻자 청연 신니가 고개를 끄덕였다.

"우리가 모를 줄 알았나요? 개방을 얕보지 마세요. 개방의 눈과 귀는 중원을 넘어 저 세외까지 없는 곳이 없죠. 당가가 감숙에서 벌인 일도 전부 다 알고 있었어요. 그리고 회합의 목적도요."

"그런데 왜……."

"왜 이제 와서 자네를 돕느냐고? 우리는 자네를 돕는 것이 아니야. 그저 우리의 이득과 자네가 원하는 바가 일치하기에 나섰을 뿐이지."

"이해관계라……."

당천호는 파진 진인과 청연 신니를 올려다봤다.

이해관계가 일치해 자신을 돕고자 한다? 바라 마지않던 일이다.

문제는 저 괴물 같은 놈이 자신을 쉽게 놓아줄 것 같지 않다는 것이다.

과거 당가는 청성과 아미의 주요 전력에 관한 정보를 빠짐없이 수집한 적이 있다. 파진 진인과 청연 신니도 당연히 조사했다. 그들이 지닌 무력은 확실히 발군이지만 그들은 사천성에서나 통하는 무인들이었다.

청성과 아미의 장문인쯤 되거나 전대의 고수라면 이야기가 달라지겠지만 지금 둘의 선력으로 전야차를 굴복시킬 수 있을 것 같지 않았다. 자신이 합세해도 잘해야 동수, 손발이 안 맞아 헛짓거리라도 하면 단숨에 목숨을 잃는다.

'삼십 합? 아니, 스무 합. 그 이상은 무리다.'

당천호가 몸속에 유동하는 진기를 점검하고 내린 판단이

다. 그 판단에는 파진 진인의 목숨과 청연 신니의 목숨도 포함된 계산이다. 자신은 강하지만 저 미친놈은 더 강하다. 목숨이라도 건지려면 스무 합 정도만 겨루고 몸을 빼 달아나는 것이 최선이다.

'어쩌다 이렇게 되었지.'

여립산을 상대하며 꽤 많은 손해를 보긴 했지만 이렇게 형편없이 밀릴 줄은 상상도 못했다. 절대지경에 발을 걸쳤다고 해서 자신의 무공이 완벽하다고 착각한 것이다. 구독연환을 만들며 절대지경에 올랐지만 그것은 말 그대로 초입.

절대의 이름에서 그 끝을 바라보고 달리는 법륜과는 애초에 수준 차이가 너무 많이 났다.

'게다가 저 둘이 뭔가 아는 눈치도 수상하고. 재미없게 되었다. 손해가 막심해. 그렇다고 해서 손을 안 빌릴 수도 없으니……'

"그러면 두 분께서는 이 당 모를 도와주실 수 있겠습니까?"

"물론이지."

"물론이에요."

파진 진인과 청연 신니가 동시에 답했다.

법륜은 삼 인이 나누는 작태를 보면서 헛웃음을 지었다. 당사자는 보내줄 생각도 않는데 저들끼리 맞장구를 치며 거래가 성사되었음에 기뻐한다.

"두 분 선배께서는 제 말을 잘못 이해하신 것 같군요."

"허?"

"네?"

파진 진인과 청연 신니가 고개를 돌리자 잔뜩 인상을 쓴 법류이 다시 입을 열었다.

"그냥 빠지라고 했을 텐데요. 청성과 아미가 끼어들 일이 아닙니다."

"도우가 누구인지 내 잘 모르지만 구파의 이름 앞에서 감히 내게 이래라저래라 해? 정녕 혼이 나고 싶으냐?"

"파진 진인의 말씀이 옳아요. 승적에 이름을 올린 듯한데, 소림이 아니고서야 감히 아미와 청성 앞에서 그리 당당할 수는 없어요. 후배는 정녕 이 신니가 모질게 손을 써야만 물러설 생각인가요?"

"후."

법류은 깊은 한숨을 내쉬었다.

그는 구파의 많은 인물들과 마주해 왔다. 가깝게는 소림의 사형제들부터 아주 잠깐 마주친 무당의 청인, 공동의 태허 진인도 있었다. 그리고 마지막으로 청성과 아미를 보고 느낀 감정은 실망이었다.

"제 뜻은 확고합니다. 비켜서지 않으신다면……."

법류은 짙은 한숨을 내쉬었다.

"베겠습니다."

그때, 당천호의 몸이 용수철처럼 튀어 올랐다. 법륜의 주위가 파진 진인과 청연 신니에게 쏠린 틈을 타서 강력한 일격을 내질렀다. 귀원장이다. 구독연환의 변칙적인 공격이 전혀 먹혀들지 않으니 차선으로 정공법을 택한 것이다.

"두 분, 그럴 여유가 없습니다! 어서 이자를 제압해야 합니다!"

당천호가 날린 장력이 법륜의 어깨에 부딪쳤다.

당천호는 이상한 금기로 몸을 보호하고 있는 법륜이 한 치의 타격도 입지 않았다는 것을 알았지만, 불시에 날린 공격이 먹혀들었다는 것에 고무됐다.

빠져나갈 길이 보이는 듯했다.

'하긴 저 정도의 무공을 난발했는데 사람인 이상 어찌 지치지 않을 수 있을까.'

당천호의 기습적인 공격에 파진 진인도 허리춤에 메어놓은 검을 뽑았다.

거래를 한 동업자가 빈틈을 노리며 공격하니 그도 모르게 검을 뽑아 돕는 형국이 된 것이다.

'허, 어찌 저런 장공을······.'

파진 진인은 검을 날리며 당천호를 계속해서 관찰했다. 무공에 재능이 없다 알려져 일찍이 가내의 업무에 집중해 대총관의 자리에까지 오른 자라 여겼거늘 내치는 장력이 자신 못지않았다.

그럼에도 상대는 당천호의 공세를 여유롭게 비껴내고 있었다. 하나 청성의 검은 사납고 날카롭다. 일견 신랄하기까지 한 검공(劍功)은 펼치는 사람이 도인이 아니었으면 사파의 무공이라 오해를 받을 정도로 흉험했다.

파진 진인의 검이 매섭게 공간을 갈랐다.

법륜은 쾌조의 속도로 날아드는 검을 향해 합장했다.

'빠르다.'

구파의 장로라는 위치를 거저먹은 것은 아닌 듯했다. 게다가 보통의 검사와는 다르게 검을 펼치는 모습도 괴이하다. 검이란 본디 찌르기 위한 병기. 그렇기에 그 끝을 날카롭게 벼리고 부족한 힘을 채우기 위해 속도를 높인다.

파진 진인의 검은 보통의 검법과 달랐다.

극한의 빠르기를 추구하는 것은 여타의 검법과 다른 점이 없었지만, 검의 활용에는 큰 차이를 보였다. 찌르지 않고 벤다. 그 움직임 속에 푸른 기운이 언뜻 비친다. 구름이 하늘을 떠다니며 거센 물줄기를 만든다.

이런 검법은 청성파에 단 하나뿐이다.

'청운적하검(青雲赤河劍)!'

청성의 비전 검공이 법륜의 몸을 내려찍었다.

법륜은 합장해 나가던 손을 틀어 검을 비껴냈다. 날카로운 예기에 손등에 미세한 검흔(劍痕)이 남았다. 파진 진인은 적하 검결(赤河劍訣)이 생각만큼 위력을 발휘하지 못하자 인상을 썼다.

'이렇게 막힐 무공이 아닌데.'

하나 그 생각은 오래 이어질 수 없었다. 법륜이 검을 비껴 내자마자 곧바로 치고 들어온 것이다. 법륜은 제마장으로 가볍게 파진 진인을 밀었다. 파진 진인이 아무런 타격 없이 비척비척 뒤로 물러섰다.

마지막으로 보인 호의였다.

"이 이상 끼어들면 좌시하지 않겠소."

"이익!"

파진 진인은 자신의 검법이 속절없이 밀리자 분통을 터뜨렸다.

"좌시하지 않겠다면?"

"죽이겠소. 그리고 청성파의 장문인에게 직접 죄를 묻겠소. 명심하시오, 선배. 호의는 이번이 마지막이오."

"허참, 어린놈이 협박은! 그런다고 내가 물러날 성싶으냐?"

파진이 검을 곧추세우자 청연 신니가 옆에서 거들었다.

"소형제는 말씀이 지나치시군요. 어디 제가 나서면 본 파의 장문인께도 죄를 물을 작정인가요?"

법륜이 고개를 끄덕였다.

"물론이오. 이번에도 끼어든다면 돌이킬 수 없을 것이오."

"참으로 광오하군요. 그 연배에 감히 상상도 할 수 없는 언사예요. 응당 강호의 후배라면 선배를 보았을 때 사문과 이름을 밝히고 고개를 숙이는 것이 도리가 아니던가요? 후배는 기본이 안 되어 있는 듯하니 이 신니가 후배에게 가르침을 드리겠어요."

"거 말 한번 마음에 들게 하는군! 나도 동감일세!"

"결국 물러서지 않는군."

청성과 아미의 비호를 받는 당가의 대총관이라.

법륜은 세 사람을 노려봤다.

"지금부터 벌어질 일은 내 책임지지 않겠소. 당신들이 선택한 일이니. 그저 나를 원망하지 않기를 바랄 뿐이오."

말과 동시에 법륜의 신형이 활처럼 쏘아졌다.

두 사람, 파진과 청연에 대한 예우라도 보였던 것일까. 감추지 않고 모조리 드러낸 법륜의 기파는 두 사람을 망망대해에 홀로 던져놓은 조난자같이 만들었다.

파진은 검을 들어 법륜을 막아섰다.

아미의 청연 신니 또한 아미의 검을 뽑아 들었다. 그녀의 절기는 아미의 일절이라 불리는 난파풍검법(亂波風劍法), 법륜을 향해 아미의 검을 겨누며 그를 막을 준비를 했다.

오로지 당천호만이 기회를 엿보며 도주할 준비를 하고 있었다.

법륜은 애초에 파진 진인과 청연 신니 두 사람과 부딪칠 생각 따위는 없었다.

구파의 관계는 아주 미묘한 것. 비록 파문 제자라고는 하나 스스로가 아직 소림의 제자라 생각하는바, 사문의 선배 격인 두 사람에게 살수를 펼치기에 법륜의 성정은 아직 미진한 감이 있었다.

'하지만……'

이미 사숙 여립산이 죽었다.

조금만 더 마음을 독하게 먹었더라면 당가와의 분쟁은 아예 없었을지도 모른다. 그렇다면 여립산도 죽지 않았을 테고 이렇게 사천에서 힘자랑을 하고 있지 않았을지도 모른다.

'그러니……'

깨부순다.

정파라는 굴레를 벗어던진다. 허울을 벗어던지면 조금 더 자유로워질 수 있다. 법륜은 도의(道義) 대신 실리(實利)와 자유를 택했다.

파아아앙!

법륜이 불광벽파를 일으켜 파진 진인의 검에 그대로 몸을 가져다 댔다.

파진 진인은 무지막지하게 밀고 들어오는 법륜의 경력에 놀란 듯 몸을 주춤거렸다.

하나 그 역시 검수. 장로의 위치에 자리하면서 파 내의 산적한 일을 처리하며 검에 대한 수련을 소홀히 했다 해도, 그간 수련에 매진한 세월이 기십 년이다.

속절없이 밀리기에 그는 아직 한참 현역이다.

청운기(靑雲氣)가 일렁이며 검에 아지랑이를 일궈냈다. 구름 같은 기세가 파진 진인의 검에서 일렁였다. 법륜은 전면으로 엄습해 오는 사나운 검예(劍銳)를 느끼면서 짧은 순간 무적(無敵)의 방벽을 회수하고 손을 찔러 넣었다.

금강령주로 풀어나가는 금강야차진기가 순식간에 피륙(皮肉)을 단단한 보검(寶劍)으로 탈바꿈시켰다.

채애앵!

검과 손이 마주하며 날카로운 기음(氣音)을 냈다. 파진 진인은 자신의 검이 한낱 손날에 막혔다는 사실을 믿을 수 없었다. 엄청난 기공(氣功)이다. 파진 진인의 얼굴이 심각해졌다.

'이토록 젊은 연배에 극강의 무공. 대체 어디란 말인가? 승려… 설마……!'

파진의 손이 다급해졌다.

법륜은 자신의 앞에서 상대가 딴생각을 하게 둘 만큼 무르지 않았다. 순식간에 발을 교차해 가며 진기의 칼날을 쏟아냈다. 거기에서 그치지 않았다. 발을 쳐올린 후 다시 앞으로 쇄도하며 양팔을 들어 올렸다.

쌍수진공파가 서로 다른 방향을 노리고 날아갔다. 손이 가리킨 방향은 앞을 막아선 파진과 뒤에서 기회를 노리고 있는 청연 신니였다.

퍼어엉!

퍼어어엉!

두 번의 폭음이 연달아 울렸다.

파진 진인은 진기를 극성으로 끌어 올려 적하검결을 풀어냈다. 운무가 넓게 퍼지며 대기의 진동을 막아갔다. 법륜의 일격을 막는 데 온 힘을 다하는 듯 얼굴에 핏대가 솟아 붉어졌다.

청연 신니는 생각보다 진공파를 잘 막아냈다.

아미의 난파풍검법은 힘으로 승부하는 검공이 아니었다. 여승들의 무공. 그 무공은 부드러움과 화려함으로 한껏 치장한 기검(技劍)의 정수였다. 부족한 힘과 속도를 기(技)로 다잡는다. 그래서 강공 일변도의 공세는 잘 먹히지 않았다.

하나 법륜의 기예는 어디 강변일도 하나로 표현할 수 있을만큼 단순한 것이 아니었다. 그럼에도 그녀가 법륜의 진공파를 잘 막아낸 것은 오직 법륜이 손에 사정을 둔 까닭이다.

[신니, 과거 사조의 시신을 운반하는 데 도움을 주었다 들

었소. 마지막 배려이니 그만 빠지시오. 더 욕심을 부린다면 다음은 없소.]

청연 신니는 법륜의 전음에 소름이 돋았다.

'사조… 시신? 무허 대사! 소림의 제자였단 말인가?'

청연 신니가 얼빠진 모습을 하고 있자 파진 진인은 계속되는 법륜의 공세를 막아서며 목에 핏대를 세웠다. 한 수, 한 수가 힘에 부쳤다. 분명 무지막지한 공력을 쏟아붓는데 저놈은 지치지도 않는지 여전히 무심한 표정이다. 파진 진인이 악을 썼다.

"이보시오, 신니! 어서 돕지 않고 무얼 하시오!"

파진 진인의 부름에도 청연 신니는 그 자리에서 꿈쩍도 할 수 없었다. 욕심이라니……. 그 한마디가 신니의 심중을 뒤흔들었다. 눈을 가리고 있던 미명이 지워지고 나서야 눈앞에 실체가 드러나듯, 두 눈의 탐욕을 지워내자 법륜의 진체가 보이기 시작했다.

'무허 대사의 제자… 천야차 법륜!'

그녀도 이제 그가 누군지 알았다.

기실 그녀와 파진 진인이 노린 바는 당가의 대총관에게 빚을 지워두는 것이었다. 약점을 잡고 맹주령을 파기한 뒤 다른 구파에서 맹주를 선출하는 데 도움을 요청할 생각이었다.

알고 한 소리는 아니겠지만 욕심을 부린다는 그 한마디가 어찌나 크게 다가오던지 순간 오금이 저려 제자리에 주저앉을 뻔했다.

'소림에서 파문당했다 들었는데… 아니지. 지금은 그게 중요한 것이 아니야.'

청연 신니는 이를 악물며 법륜의 공격을 막아가는 파진 진인의 얼굴을 힐끗 보곤 이만 물러서야 할 때라는 것을 깨달았다. 파진 진인의 얼굴과 달리 계속해서 진기를 쏟아부으며 돌진하는 법륜의 얼굴은 무심(無心) 그 자체였기 때문이다.

[진인, 이 자리에서 벗어나야 해요. 그는 소림의 제자입니다. 무슨 연유인지는 몰라도 소림과 당가의 싸움에 끼어봐야 좋을 것 하나 없어요.]

'소림! 역시……'

파진 진인은 자신의 예상이 빗나가길 바랐다.

세상사가 참으로 지독하다. 구파일방은 언제나 동등하다? 웃기는 소리다. 구파일방 중 말석은 개방이며 상석은 언제나 소림과 무당이 차지한다. 청성이나 아미는 그들보다 높은 지위를 누려본 적이 없다.

'그래서 당가의 수작질에도 기껏 놀아나 줬는데……!'

분노가 눈앞을 가려서일까.

파진 진인은 물러서라는 청연 신니의 만류에도 불구하고 오히려 법륜을 향해 전진했다. 법륜은 눈을 빛내며 악착같이 검결을 이어나가는 파진 진인을 심유한 눈으로 바라보았다.
이미 참을 만큼 참았다.

'지금부터는 좀 다를 거야.'

"합!"

법륜이 숨을 깊이 들이켰다.

그리고 땅을 박차고 달려나갔다. 한 번의 진각에 땅이 진동
하면서 거죽이 뒤집혔다.

꽈아앙!

폭음과 함께 파진 진인의 전면부가 화탄에 직격으로 맞은
듯 움푹 함몰되어 갔다. 파진 진인의 양팔이 부러져 덜렁거렸
다. 법륜은 거기에서 그치지 않았다.

우우우웅!

불광벽파의 무시무시한 경기가 사방을 가득 메웠다.

"내가."

법륜이 쓰러지려는 파진 진인의 앞으로 몸을 낮추며 접근
했다. 그러곤 한 손으로 땅을 짚고 몸을 반 바퀴 회전시키면
서 발꿈치로 턱을 차올렸다.

콰직!

턱뼈가 박살 나는 소리와 함께 파진 진인의 몸이 공중으로
떠오른다. 법륜이 순식간에 신형을 바로잡고 파진 진인의 다
리를 걸어찼다. 양다리가 뻐걱 하는 소리를 내며 부러졌다.

"빠지라고 했지."

법륜은 무심히 돌아섰다.

청연 신니는 법륜의 눈을 마주치지도 못한 채 벌벌 떨고 있었다. 어찌 저런 잔인한 손속을 휘두른단 말인가. 그간 강호에 난 천야차의 소문은 거짓이었단 말인가. 손속이 잔인할지언정 결코 선을 넘는 법이 없다고 들었다.

청연 신니가 어깨를 부르르 떨자 법륜은 그녀를 지나치며 한마디를 툭 내뱉었다.

"죽이지는 않았소만 정양하려면 꽤 오래 걸릴 거요. 데리고 빠져나가시오. 그리고 이번 일은 알아서 처신하리라 믿겠소."

청연 신니는 저도 모르게 고개를 연방 끄덕였다.

법륜의 기파가 다른 행동 따위는 용납하지 않겠다는 듯 온몸을 억누르고 있는 탓이다.

"이제 다시 우리 둘만 남았네. 어쩐다. 믿는 구석이 사라져서."

당천호는 법륜을 보며 이를 갈았다.

멍청한 청성의 도사와 아미의 여승은 손도 한 번 제대로 못 써보고 박살이 났다.

한쪽은 몸이, 한쪽은 정신이. 당천호는 이대로 붙어선 승산이 없겠다는 생각에 손해를 보더라도 이 자리를 빠져나가야 한다고 생각했다.

"네놈, 그 악독한 손속이라니. 저항도 하지 못하는 자를 두고……."

"우스운 일이다. 지독한 살수를 뿌리던 자가 그런 말을 하다니. 애초에 그래서 저 정도에 끝났다는 생각은 하지 않는가?"

법륜이 한 걸음 다가섰다.

당천호가 움찔하며 뒤로 물러서며 외쳤다.

"신니, 도움을 주시오! 이 은혜는 잊지 않겠소이다!"

청연 신니는 당천호의 요청을 받아들일 수 없었다.

자칫하면 소림과 척을 질지도 모른다는 생각이 전신을 엄습했다. 당가와 척을 지는 것도 쉬운 일은 아니지만 그래도 소림보다는 나았다. 게다가 청연 신니의 감각을 계속해서 거스르는 묘한 느낌이 당천호를 돕는 것을 망설이게 했다.

"그건 저로서도 쉽게 결정할 수 없는 일이에요. 당신, 알고 있었죠? 이 소형제가 소림의 제자였다는 것. 어째서 말하지 않았죠?"

"지금 이 상황에서 그것이 중요한가?"

"네, 중요하죠. 잘못하면 돌이킬 수 없는 일이 발생할 수도 있는 일이니까요."

"빌어먹을 구파 놈들! 모조리 한통속이구나!"

당천호가 무력함에 몸을 부르르 떨었다.

"이제 말장난은 그만하자. 시간을 끈다고 바뀌는 것은 없어."

법륜이 다시 걸음을 옮겼다.

한 걸음씩 전진하는 걸음이 계속해서 빨라졌다. 법륜이 가볍게 일권을 내질렀다. 당천호는 아직까지 구독연환을 부릴 여력이 있는지 전력을 다해 막아섰다.

꾸욱!

너무 쉽게 법륜이 내지른 일권이 막혀 버리자 당천호는 자신이 농락당했다는 것을 깨달았다. 계속해서 강격(强擊)만을 구사하던 법륜이 처음으로 허초를 섞은 것이다. 허초 뒤에 이어지는 공격이 진짜였다.

파아아앙!

불광벽파의 철갑주가 구독연환을 밀어냈다.

여립산의 뇌기와는 달리 독강 자체를 태워 버리지는 못했지만 강대한 내력으로 밀어내고 또 밀어냈다. 결과적으로 당천호의 독강은 법륜에게 티끌만큼의 상처도 낼 수 없었다.

"타핫!"

당천호가 기합을 내지르며 장을 뻗어냈다.

이제는 쏘아낼 암기도, 내력도 없었다. 이대로 패퇴하는가. 정녕 동생의 원수를 눈앞에 두고 이대로 물러서야만 하는가에 대해 괴로움이 일었다.

'아직이야. 더 할 수 있어.'

당천호의 고집이 굳게 다문 입술에 그대로 드러났다.

그가 이토록 버티기를 고집하는 이유, 그것은 당가에 있었다. 아직 당가에선 당자홍의 죽음이 당천호의 짓이라는 사실을 알지 못한다. 자신이 자리를 비운 것에 대한 문책이 뒤따르겠지만, 자신이 몸을 회복하고 진실 된 무공을 드러내면 전부 해결될 일이다.

당가에선 그 누구도 자신을 막을 수 없을 테니까.

그래서 버티고 또 버티는 것이다. 당가는 성도의 중심부 중에서도 한가운데에 있는 곳. 하오문 지부가 성도의 중심부에서 약간 외곽이라고는 하나 이 정도 소란이면 충분히 달려올 만한 거리이다. 성도에서의 소란은 곧 당가에 대한 모욕과 마찬가지기에.

"어라?"

장내에 처음 듣는 목소리가 들리자 당천호는 반색했다.

당가의 무인이 순찰을 나왔다고 생각한 것이다. 하나 그의 즐거운 상상은 오래가지 못했다. 이곳에 찾아온 자. 등 뒤로 검집도 없는 거검을 등에 멘 채 시원한 미소를 짓고 있는 남자를 본 탓이다.

"여기 재미있는 일이 있었군?"

　　　　＊　　　　　＊　　　　　＊

　당가는 혼란의 도가니였다.

　가주가 유명을 달리한 상황에서 세가의 이인자인 대총관마저 자리를 비운 상황이어서 지휘 체계가 엉망이었다. 세가의 소가주 암룡 당천기는 곧장 태상전으로 발길을 옮겨야만 했다.

　지금은 비상사태이다. 일선에서 물러난 지 십 년이 넘는 조부는 가내의 일에 훈수를 두는 것에 굉장히 인색했지만 지금 상황에선 그를 찾아가는 것이 최선이었다.

　'제길, 이럴 때 당천호 그 새끼는 대체 어딜 간 거야?'

　당가주 당자홍은 그에게 아버지다.

　아버지를 잃은 슬픔이 심중에 가득해 금방이라도 눈물이 떨어질 것만 같았다. 하나 그는 눈물을 보이지 않았다. 대신 입술을 잘근잘근 씹으며 사촌형 당천호를 마구 씹어댔다.

　무인(武人)으로서 승부욕도 없는 놈.

　그것이 당천기가 당천호를 평할 때 쓰는 말이었다. 세가의 대총관. 그 자리는 가주를 꿈꾸는 자신에게 아무것도 아닌 자리였다. 남아라면 응당 천하를 꿈꾸어야 하는 것이 도리이다. 그렇게 생각하는 당천기에게 당천호는 언제나 못마땅한 사촌 그 이상도 그 이하도 아니었다.

그런데 이상하게도 자꾸만 시원한 미소를 보여주던 그 얼굴이 아른거렸다. 아버지를 잃은 슬픔에 어디에라도 기대고 싶은 마음이 불같이 일렁였다. 하지만 조부를 만나러 가면서 그런 모습을 보일 수는 없는 법이다.

거기에는 이유가 있었다.

당천기의 조부 태상가주 당명금은 언행과 복색, 예의 등에 굉장히 민감했다. 그의 별호부터 당군자(唐君子)라 불리니 당천기가 긴장하는 것도 무리는 아니리라. 당천기는 태상전 앞에서 복색을 점검했다.

그는 머릿속에 드는 생각과 달리 예를 차리며 목을 가다듬었다.

"조부님, 저 천기입니다."

"들어오너라."

당천기는 조심스레 문을 열고 들어갔다.

당명금은 책상 위에 암기들을 올려놓고 손질하고 있었다. 곱게 갈린 숫돌이 나무 서탁 위에 즐비했다. 그것은 의식이나 다름없었다. 생사대적(生死大敵)을 앞에 두고 이뤄지는 당명금만의 의식이었다. 적을 말살할 때까지 암기를 거두지 않겠다는 무언의 의지였다.

'이미 알고 계셨구나.'

당천기는 그 모습에 참지 못하고 눈물을 보이고 말았다.

주르륵.

눈물이 뺨을 타고 흘러내렸다.

한번 쏟아지기 시작한 눈물이 걷잡을 수 없이 떨어졌다. 그에게 아직 조부모가 있었고 모친도 생존해 있지만 어찌 아비 잃은 슬픔을 감출 수 있으랴. 당천기의 다리가 풀리며 자리에 주저앉았다. 혼미한 정신에 일어날 힘이 없었다.

"울지 말거라."

당명금은 잘 벼린 암기를 제자리에 두고 겉옷을 벗었다.

그러곤 침상 밑으로 가서 평소에 꺼내지 않던 검은색 장포를 꺼내 들었다. 상복(喪服)이다. 오로지 그만이 입을 수 있는 사자(死者)를 위한 옷이다.

당명금은 검은색 장포 안으로 날을 빛내는 암기들을 차곡차곡 집어넣기 시작했다. 암기를 채운 후 마지막으로 검게 물들인 녹피 수투를 끼는 것으로 그의 의식이 마무리되었다.

"너는 아비를 잃었지."

당명금이 무심하게 당천기를 향해 말했다.

하나 당천기는 그 말 속에서 지독한 분노를 느꼈다.

"나는 자식을 잃었다."

당명금이 당천기의 곁으로 다가서 무릎을 굽히고 눈을 맞췄다. 당명금의 눈이 말하고 있었다. 흉수는 죽는다. 그것도 이 세상에서 가장 잔인하고 참혹하게 죽을 것이다.

"아홍의 시신을 보았다."

아홍은 조부 당명금이 부친 당자홍을 부를 때 쓰는 말이었다. 어린 홍. 반백년을 바라보는 나이의 부친이었다. 그런 부친이라도 조부 앞에선 어린아이나 다름없는지 그 말이 너무도 자연스러웠다.

당자홍이 가주 위에 오른 뒤 언제나 존대를 하던 당명금이다. 그런 그가 당자홍이 가주가 된 뒤 처음으로 그의 아명을 불렀다. 그 말 속에서 당천기는 그가 먼저 가버린 자식을 안타까워하고 그리워하는 마음을 읽을 수 있었다.

"독과 암기에 당했더구나."

당천기가 퍼뜩 놀라 딸꾹질을 했다.

독과 암기의 조종(祖宗)이라는 당가주의 사인이 독과 암기라니. 그 말은 참으로 지독한 뜻을 내포하고 있었다.

"그 말은……."

"그래, 내부의 소행이지. 어떤 놈인지 대충 짐작은 간다."

당천기는 흉수를 짐작하고 있다는 당명금의 말에 고개를 들었다. 그의 눈이 지독한 독심을 품었다. 당가의 가훈이 '은혜는 두 배로, 원한은 열 배로 갚는다'이지 않는가.

"그게 누굽니까?"

당명금은 심유한 눈으로 손자 당천기를 주시했다.

그 눈빛이 이 아이에게 이야기해도 좋을까 하는 빛을 담고 있었다. 너무 위험했다. 자칫하면 골육상쟁(骨肉相爭)이 벌어질 지도 모른다.

'아니, 이미 벌어졌나.'

"말씀해 주십시오!"

당명금이 뜸을 들이자 당천기는 언제나 예를 중시하는 조부의 앞임에도 큰 소리를 냈다. 상처를 입은 것도 아닌데 느껴지는 가슴의 격통이 부친을 돌려달라고, 모든 것을 잃어도 좋으니 제발 아버지를 돌려달라고 외치고 있었다.

당명금은 자신 앞에서 큰 소리를 내는 손자를 보며 고심했다. 자신의 속도 썩어 문드러져 가고 있었다. 어쩌면 예견된 일인지도 몰랐다.

'자명아, 이를 어찌하면 좋으냐.'

먼저 간 둘째가 눈에 아른거렸다.

어느 날엔가 둘째가 싸늘한 주검이 되어 돌아왔다. 아들의 재질과 능력을 알고 있기에 상상할 수 없었던 것일까. 당자명의 죽음은 그에게 큰 충격으로 다가왔다. 당시에 그는 즉시 진상 조사를 시작했다. 그러곤 알아버렸다. 첫째가 둘째의 재능을 시기해 그를 사지(死地)로 내몰았다는 것을.

그날부터였던가.

언제나 총명함을 뽐내던 둘째아이의 아들 당천호가 변해 버린 것이. 그 아이는 길고 긴 외유를 떠났다 세가에 돌아와 스스로 재질이 부족하다며 무공을 포기했다. 하나 그는 알았다. 그 심중에 누구도 제어할 수 없는 독사(毒蛇)가 꿈틀거리는 것을.

그 뒤는 말하지 않아도 뻔했다.

이십 년에 가까운 세월을 숨죽여 살던 아이. 가슴에 독심을 품고 있던 그 아이가 돌변한 이유. 참고 눌러온 것이 또 다른 손자 당천후의 죽음으로 폭발했다는 것이다.

"조부님!"

당천기가 더는 참지 못하겠다는 듯 다시 소리쳤다.

"너는… 구회를 기억하느냐?"

당명금은 결국 눈을 감고 말았다.

부친의 죽음이다. 이 아이도 알 것은 알아야 할 터. 그는 긴 이야기의 서막을 시작했다.

"구회는 내가 아홍에게 붙여준 수하이다. 암중에서 세가를 위해 일한 시간이 네가 산 날보다 많으니 그 실력이야 의심의 여지가 없는 친구였지."

"구회라면……."

"그래, 너도 보았겠지. 아홍의 뒤에서 수많은 일을 해낸 당사자의 이름이다. 며칠 전 그 친구의 목이 내 침상 위에 있더구나. 그리고 나는 깨달았지. 변고가 생겼다는 것을."

당명금이 눈을 감았.

주름진 노안이 눈물을 참기 위해 애쓰고 있었다.

"그 친구는 아홍의 명으로 천호 그 아이를 돕고 있었다. 그러니 그 친구가 누구에게 죽었겠느냐? 그리고 아홍은 누구에게 죽었겠느냐?"

"그 말씀은 당천호가 제 아버지를 죽였단 말입니까?"

당천기의 얼굴이 시뻘겋게 달아올랐다.

"그놈은… 그놈은… 무공을 포기한 놈입니다! 자랑스러운 당가의 직계임에도 아무것도 할 줄 모르는 무능력한 놈이었단 말입니다!"

"정녕 그러하더냐? 나는 보았다. 그놈 안에서 꿈틀거리는 지독한 욕망과 원한을. 그놈은… 결코 내 아래가 아니었다. 그래서다, 내가 이 옷을 꺼낸 것은. 이것은 상복이기도 하지만 내 수의(壽衣)이기도 하다. 그러니 이번 일은 자식을 잃은 아비에게 맡기고 너는 세가를 수습해라. 그것이 지금 네가 당가의 소가주로서 해야 할 일이다."

당명금은 그 말을 끝으로 태상전을 벗어났다.

참으로 지독한 운명이다. 둘밖에 없는 자식을 잃었고 이제는 손자마저 자신의 손으로 죽음에 몰아넣어야 한다. 그의 신형이 깊은 우울함을 품은 채 움직였다.

*　　　　*　　　　*

장산은 등 뒤로 매달린 검을 툭툭 치며 법륜의 곁으로 다가섰다. 당천호는 장산을 보며 긴장했다. 정체를 알 수 없는 남자가 이 혼란 속에서도 침착함을 잃지 않고 있는 탓이다.

'보폭이 일정하다. 게다가 저 손의 위치, 언제든 검을 뻗어낼 길을 잡아내고 있다. 고수야. 여차하면 바로 손을 쓰겠다는 건가?'

당천호의 얼굴이 시꺼멓게 죽었다.

아마 저 거검(巨劍)을 휘두르면 엄청난 무공이 튀어나오리라. 지금의 당천호로서는 막기 힘든 일격일 것이다.

"날 빼놓고 이런 재미난 일을 벌이고 있었소?"

법륜이 인상을 썼다.

"말을 삼가시오. 그런 말을 할 때가 아니니."

법륜의 안색이 심각하자 장산은 자신이 무언가 실수라도 했냐는 듯 딴청을 피우다 법륜의 등 뒤로 반듯하게 누워 있는 시신 한 구를 보았다.

'백호… 방주……'

장산은 도저히 믿을 수 없다는 듯 무언가에 홀린 것처럼 그 곁으로 다가섰다.

"내가 실언을 했군. 사죄드리겠소. 누구요, 백호방주를 이렇게 만든 놈이? 저놈이오?"

"그렇소."

법륜이 짧게 대꾸하자 장산이 여립산의 시신을 지키겠다는 듯 앞을 막아섰다.

"이런 말을 해서 미안한데… 빨리 끝내시오. 이분을 더는 여기에 이렇게 둘 수 없음이니."

장산에게도 죽음은 익숙한 것이 아니었다.

조부 장요가 맹회에 공개적인 처형을 당하고 그 뒤로 산에서 홀로 살았다. 일면식도 없는 조부였으니 어린 장산에게 조부의 죽음은 먼 세상의 이야기나 다름없었다.

하나 백호방주 여립산의 죽음은 달랐다.

그가 강호에 처음 나와 맞이하는 친우의 죽음이었다. 알고 지낸 시간도 얼마 되지 않건만 자신과 나름 친하게 지내던 남자가 죽었다는 사실을 믿을 수 없었다.

"어서."

장산은 법륜을 재촉했다.

법륜이 고개를 끄덕였다. 그 역시도 이제 그만 끝을 볼 생각을 하고 있었다.

"물론이오."

법륜이 금기(金氣)를 일으키며 당천호에게 다가갔다.

법륜이 본 당천호는 이제 여력이 얼마 없었다. 기껏해야 서너 합. 법륜은 고민했다. 당천호의 목숨을 저울질한 것은 아니다. 그저 어떻게 하면 그에게 더 처절한 고통을, 잔혹한 죽음을 줄 수 있을지 고민했다.

"각오해."

"무슨 각오 말이냐?"

당천호가 긴장한 듯 으르렁거렸다.

"네 죽음 말이다. 가장 먼저 눈을 뽑고 혀를 자른 다음 귀를 멀게 할 거야. 그다음에 단전을 폐하고 사지를 찢은 뒤, 널 굶주린 들개 무리에 던져놓고 생살을 씹어 먹게 할 거다. 너는 기절할 수도, 스스로 목숨을 끊을 수도 없어. 왜냐고? 내가 그렇게 만들 거니까."

『불영야차』 5권에 계속…

이제부터 전자책은

이젠북

www.ezenbook.co.kr

새로운 세계가 열린다!

김재한 『성운을 먹는 자』 　철백 『대무사』
니콜로 『마왕의 게임』 　가프 『궁극의 쉐프』
이경영 『그라니트:용들의 땅』 　문용신 『절대호위』
탁목조 『일곱 번째 달의 무르무르』 　천지무천 『변혁 1990』
강성곤 『메이저리거』 　SOKIN 『코더 이용호』

이름만 들어도 황홀할 정도의 별들의 향연!
이들의 "유료연재"가 시작됩니다!

검색창에 **이젠북**을 쳐보세요! ▼

초대형 24시 만화방

신간 100%, 샤워실, 흡연실, 수면실(침대석), 커플석, 세탁기 완비

▪ 광명 광명사거리역점 ▪

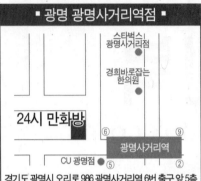

경기도 광명시 오리로 986 광명사거리역 6번 출구 앞 5층
02) 2625-9940 (솔목타워 5층)

▪ 강북 노원역점 ▪

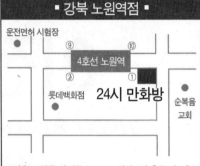

서울 노원구 상계동 340-6 노원역 1번 출구 앞 3층
02) 951-8324 (화용빌딩 3층)

▪ 일산 정발산역점 ▪

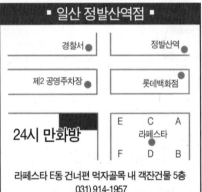

라페스타 E동 건너편 먹자골목 내 객잔건물 5층
031) 914-1957

▪ 일산 화정역점 ▪

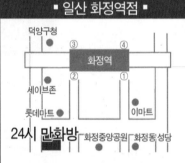

경기도 고양시 덕양구 화정동 984번지 서일빌딩 7층
031) 979-4874 (서일사우나 건물 7층)

▪ 부천 역곡역점 ▪

역곡남부역 기업은행 건물 3층
032) 665-5525

▪ 부평역점 ▪

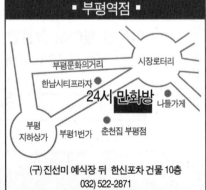

(구)진선미 예식장 뒤 한신포차 건물 10층
032) 522-2871

침략자 장편소설

FUSION FANTASTIC STORY

작가
정규현

출판 작가 정규현
완결 작품 4질, 첫 작품 판매 부수 79권

"작가님, 이건 좀 아닌 것 같습니다."
"대마법사, 레이드 간다! 5권까지만 종이책으로 가고
6권은 전자책으로 가겠습니다."

"15페이지 안에 흥미를 유발하지 못하면 계약은 없습니다."

언제나 당해왔던 그가 달라졌다?
조기 완결 작가 정규현의 인생 역전기!

Book Publishing CHUNGEORAM

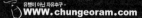

유행이 아닌 자유추구 -
WWW. chungeoram.com

FUSION FANTASTIC STORY

묘재 장편소설

7번째 환생

이 모든 것이 신의 장난은 아닐까.

영원한 안식이 아닌,
환생이라는 저주 아닌 저주 속에서 여섯 번째 삶이 끝났다.

"드디어 내 환생이 끝난 건가?"

그런데 뭔가, 지금까지와 다른데?

"멸망의 인도자 치우, 그대에게 신의 경고를 전하겠어요."

최치우, 새로운 7번째 삶이 시작된다!

Book Publishing CHUNGEORAM

유행이 아닌 자유추구 -
WWW. chungeoram.com